Volgan

A SOCIEDADE OCULTA

RODRIGO VITORINO
(IN MEMORIAN)

Nota do editor: Esta é uma obra de ficção. Qualquer semelhança com nomes, pessoas, fatos ou situações da vida real terá sido mera coincidência. O texto original do autor foi mantido, em homenagem póstuma. Muito zelo foi empregado neste material, até chegar nas mãos do leitor. No entanto, se ocorrer eventuais equívocos de impressão, produção ou dúvida conceitual, entre em contato.

Autor
Rodrigo Vitorino

Edição e Publicação
Juliano Marcelino

Prefácio/Dedicatória
Família e amigos

Revisão
Zorilda da Rosa Miranda

Ficha catalográfica

V845v

Vitorino, Rodrigo, 1982 - 2016
    Volgan - A sociedade oculta /Rodrigo
Vitorino - Joinville, 2016.
    85 p.: 21cm
    Não inclui bibliografia
    ISBN 979-87-641-6777-0

    1. Contos brasileiros. I. Título.

                    CDD: B869-35
                    CDU: 82,311/49(82-311)

Criada de forma voluntária pela equipe técnica.

DEDICATÓRIA

Esta é uma obra póstuma, e para que o leitor tenha um pequeno vislumbre de quem era o "Champa" Rodrigo Vitorino, onde normalmente o autor colocaria a dedicatória, optei por deixar alguns (inclusive o meu) breves depoimentos.

"Meu querido Filho, não tenho palavras para dizer a falta que você faz, com suas brincadeiras, manias e carinho. Você sempre foi meu menino lutador, carismático e amado por todos, tanto que esse livro é a maior prova disso. Nunca vou esquecer do seu Sorriso e Alegria, fica com Deus, meu filho amado. A mãe te ama muito."

Eliane da Silva Vitorino

"Rodrigo, saudades daqueles momentos juntos, assistindo futebol, assistindo as nossas corridas de moto, tenho muito orgulho de ser o seu PAI, pois você sempre foi uma pessoa de muito carisma com os seus colegas, uma pessoa centrada, justo, honesto e cuidadoso com tudo e com todos, agradeço por todos os momentos que passamos juntos. Baita filho, baita irmão sempre preocupado com todos. Nos deixou um legado enorme de aprendizado. Hoje o que nos conforta é a nossa neta e os gêmeos que estão por vir, como gostaria que estivesse aqui para também curtir eles. Saudades, TE AMO MUITO."

José Carlos Vitorino

"Nunca achei que seria tão difícil colocar em palavras o AMOR e a SAUDADE que sinto de você. Você sempre vai ser para mim, um exemplo de luta e alegria, sei que todos que tiveram o privilégio de ter convivido com você tem uma história de Alegria e Carinho para contar. Eu sinto muito que a Isabela não pode conhecer o TIO DIGO, mas pode ter certeza que ela vai conhecer todas as tuas histórias e aventuras. TE AMO MUITO meu Irmão."

Francine Vitorino

"A pessoa mais forte que eu conheci. Passou por tantos problemas e dificuldades ao longo dos seus 34 anos, mas com a cabeça erguida e muito bom humor.

Muitas vezes com conselhos sábios ele me fez enxergar melhor a vida, meu grande exemplo de bom caráter. Sortudo é quem pôde compartilhar um pedacinho dessa sua breve passagem por aqui.

Um dia a gente se encontra meu irmão, te amo."

Ruan Carlos Vitorino

"Bem que podia colocar daquela vez em que ele deu a ideia de colocar a bicicleta do Ruske em cima da garagem lá de casa, no meu aniversário!"

Alcir Junior

O que falar dessa pessoa única que foi o Rodrigo, aliás, champa...acho que nunca o chamei de Rodrigo kkk. Dentre as ótimas lembranças, destaco duas: As festas de aniversário na minha casa, onde o champa sempre se destacava pela sua irreverência e alegria. A sua presença era garantia de diversão até tarde, seja contando histórias engraçadas ou dançando macarena! Outra era nos encontros da galera em minha casa na Barra do Sul, principalmente nas festas de fim de ano. O champa era alegria 24 hrs por dia, onde tinha brincadeira e diversão, lá estava ele. Até quando um dilúvio de fim de ano levou a barraca onde ele iria dormir, não se importava e levava na esportiva...dizia, "eu durmo em qualquer lugar, o importante é se divertir". Enfim, o Rodrigo "champa" era assim, enfrentava os obstáculos com alegria. Conviver com você foi uma honra, valeu por tudo irmão.

Hesmae Schmoller

"Conheci o Rodrigo, ou champa, como muitos o conhecem. quando éramos crianças no primário, nos tornamos amigos desde aquele momento, pequenos gestos como ele pedir para Dona Eliane cortar o pão para mim virava festa, piadas e gargalhadas.... Fomos crescendo, e nossa amizade se fortalecendo junto.

Criticando ou apoiando, mas sempre ao meu lado quando necessário. Isto era uma característica ele falava o que precisávamos ouvir, ate quando não era motivo de festa. Veio a nossa fase adulta, e veio também as dificuldades, dele e minha. Como foi meio que intercalado os nossos problemas, serviu para um ajudar o outro a continuar lutando.

Conseguimos achar um jeito de achar graça de tudo isso, ou ao menos falar dos problemas e não ficar chateado, criamos uma competição de cirurgias (sinistro, né).

Considero o Rodrigo um irmão, tenho muito orgulho dele, mesmo tendo muitas dificuldades conseguiu cumprir o seu papel, fazendo da vida de muitos mais feliz. Espero um dia encontra-lo de novo, Pois uma amizade assim fica para sempre."

Jorge Baldasso

"O Champa para mim, era "O cara", e não é eufemismo dizer que nunca o vi bravo ou estressado. Sempre disponível para uma conversa, que nem sempre era para te colocar pra cima, mas que sempre te deixaria com os pés no chão.

Me surpreendi quando eu sugeri a ele para escrever um livro, e algum tempo depois, veio com: "Oh, tô terminando de escrever o livro. Já conhece *Volgan*?".

O Champa não foi um linguista ou um expert em escrever, mas o que o leitor tem em mãos agora, é praticamente fidedigno ao texto original, salvo pequenos ajustes ou inserções, ou alguns erros de gramática ou ortografia, que a professora Zorilda corrigiu, e sou eternamente grato por isso. Prometi a ele que publicaríamos o livro que ele escrevesse, e o resultado é orgulho para família e amigos, não pelo conteúdo em si, mas pelas lembranças do velho amigo, como disse o Tiago. A meu ver, ele preferiu exercitar o cérebro e colocar a parte criativa no papel, a ficar deitado na cama com seu *'duvet'*, ou sentado no sofá lendo revistas de celebridades, assistindo seus 5oo canais de TV, como diria Tyler Durden (Fight Club), esperando a conhecida (e imprecisa) hora chegar.

Poucos o acompanharam nos últimos dias, pois ele acabou ficando isolado no hospital, e só quem era da família acabou tendo mais contato. Eu sempre achei que o Champa, lá no fundo, sabia quando seria sua hora, e para mim, ele aproveitou tanto a vida, que no final eu acho que ele teria falado algo como o discurso 42, de Rutger Hauer, em Blade Runner[1]: *Eu vi coisas que vocês jamais acreditariam.... E todos estes momentos se perderão no tempo, como lágrimas na chuva.... hora de morrer.* Foi uma honra ter estado ao seu lado e honra maior foi poder 'calçar seus sapatos' e finalizar este seu trabalho. Fica a saudade das boas risadas e recordações, de várias horas de RPG e conversas, sentado à beira da calçada ou no muro das nossas casas.

Velho amigo, você deixou sua marca neste mundo, agora não se preocupe, que levaremos adiante sua lembrança. Mas um dia, meu caro, todas estas lembranças se perderão no tempo, como lágrimas na chuva.

Juliano Marcelino

---

[1] *no filme, seu personagem, Roy Batty, era um androide com um tempo determinado de vida, e quando algum acabava "saindo da linha", eles chamavam um caçador de recompensas (blade runner) especificamente para eliminar o "produto defeituoso"*

Rodrigo Vitorino, Vulgo Champa.

Estudei com o Rodrigo desde a primeira série, viramos grandes amigos desde o início. Devido a sua estatura, ganhou este apelido carinhoso de Champinha (Champa).

Lembro do dia que ele contou para a mãe dele, que eu estava chamando ele de champinha, pensei que iria morrer aquele dia. Os trabalhos de escola eram sempre em parceria, ou na casa dele ou na minha, éramos inseparáveis, pelo menos achamos que era.

Jogamos muito futebol na garagem de seus pais, (o Ruan apanhava muito no futebol para mim kkk). Na adolescência, íamos procurar emprego juntos, para curtição e festas, estávamos sempre juntos. Ele me convenceu a participar do grupo de jovens juntos, até sermos expulsos pelo padre.

Tentamos formar uma banda. The four eyes, mas os quatros olhos não tinham talento kkkk.

Ainda na adolescência lembro do dia que o Rodrigo comentou que um dia eu seria padrinho de um dos filhos dele, e fiz o mesmo juramento.

Me casei e tive a honra de tê-lo como meu padrinho de casamento.

Porém, infelizmente fiquei sabendo do meu futuro filho um mês após seu falecimento. Com muito orgulho, hoje o Vicente (meu filho) chama os pais do Champa de dindo Vitorino e dinda Eliane.

Agradeço a Deus por ter colocado o champa em minha vida.

Amigo sincero, companheiro, sempre rindo e aconselhando a gente.

Dando esporro e falando verdades. Um verdadeiro amigo. Muito sacana também kkkk

Um dia irmão estaremos reunidos novamente relembrando muitas histórias e dando muitas gargalhadas.

Reinaldo Ruske

"O Rodrigo Vitorino é um dos meus mais antigos amigos.

Dotado de um enorme coração, e de uma coragem digna de um gladiador espartano, ele bateu de frente com as dificuldades desde o começo e demonstrava sempre a serenidade dos fortes. Como bom chistoso que era, ria dos desafios e os afrontava de peito aberto. É claro que no fundo sabíamos das inquietações povoando a sua alma por causa das provações as quais estava sempre às voltas, contudo jamais recuou 1 centímetro que fosse para nenhuma das enfermidades que lhe eram impostas. Nunca o vi mal humorado, nunca o vi desanimado e jamais ouvi qualquer blasfêmia da sua boca. O Rodrigo veio para ensinar mais do que aprender. Na sua breve passagem por aqui, deixou um belíssimo legado de fraternidade e pureza. Era alguém iluminado e foi embora cedo demais, deixando amigos demais e saudade demais.

"I have to remind myself that some birds aren't meant to be caged. Their feathers are just too bright. And when they fly away, the part of you that knows it was a sin to lock them up DOES rejoice. But still, the place you live in is that much more drab and empty that they're gone. I guess I just miss my friend." — Stephen King, Rita Hayworth and Shawshank Redemption"

"Tenho que me lembrar que alguns pássaros não foram feitos para serem enjaulados. Suas penas são muito brilhantes. E quando eles voam, a parte de você que sabe que foi pecado prendê-los se alegra. Mesmo assim, o lugar em que você mora agora é muito mais monótono e vazio do que eles se foram. Acho que sinto falta de meu amigo" — *Morgan Freeman - Um sonho de liberdade.*

Rodrigo Zanella

"Sabe aquele amigo que nunca o deixa triste, mesmo que para isso, ele tenha que esconder a própria tristeza? E aquele amigo que está sempre pronto pra tudo, mesmo que sua ideia seja a pior de todas? Rodrigo era esse amigo.

Uma pessoa sem igual, sempre disposta a ajudar seus amigos e familiares sem nunca sequer ter esboçado suas dificuldades e problemas.

Por pior que fosse a situação, ele sempre tinha um sorriso no rosto, uma piada pronta e uma ideia maluca, absurda, esdrúxula, quase insana, mas que de alguma forma fazia esquecer as dificuldades e lhe arrancava um sorriso.

Uma mente agitada, capaz de imaginar coisas, de criar situações, de experimentar momentos únicos ou comuns e repeti-los infinitas vezes, sempre com a mesma sensação de ser a primeira vez. E sempre com a capacidade de levar a todos juntos nessa sensação.

Espero que o leitor consiga conhecer um pouco do Rodrigo inesperado, criativo, intenso e vívido que eu conheci e que tanto vai deixar saudades. Vá em paz, irmão!"

Tiago Guaresi

ÍNDICE

E no início...

... dos tempos, após Adão e Eva serem expulsos do paraíso, eles tiveram dois filhos. O primeiro foi Cain e o segundo Abel. Quando se formaram adultos, Cain tornou-se agricultor e Abel pecuarista. Cain ofertou o fruto de seu trabalho braçal, enquanto seu irmão Abel ofertava uma ovelha da qual mais gostava. A partir desse ponto, Cain passou a sentir ciúme, inveja e ganância que o levaram a cometer um pecado terrível: o assassinato de seu irmão Abel. Assim foi concedida a Cain uma punição. Ele teria que vagar eternamente na escuridão e se alimentar apenas de sangue para, assim, lembrar-se sempre do que fez ao seu irmão.

Passaram-se mil oitocentos e quinze anos d.C. do início da punição. Cain vagava pelos quatro cantos do mundo. Percorreu todos os continentes, e por onde passava, adquiria conhecimentos culturais e tradicionais de cada país, como meditação, idiomas, artes marciais, costumes e como se vestir em determinadas situações. Esteve presente nas transformações da terra e da humanidade como: tribos, reinos e todos os tipos de sociedade, sempre dentro de suas limitações. Assim, Cain tinha seu corpo e instinto de vampiro sobre controle. Passou por todas as épocas da evolução humana sem nenhuma interferência de sua parte.

Nesse período, alimentava-se apenas com sangue de animais. Numa noite, quando passava por uma fazenda, ao norte dos EUA, deparou-se com um homem de pele branca que estava açoitando uma escrava. Cain esperou a escrava ser retirada do local para que o homem ficasse sozinho e o atacou num golpe rápido, cravejando seus dentes no pescoço, sugando todo o sangue até levá-lo à morte. Após este acontecimento, passou a sentir vontades esporádicas de beber sangue humano sem deixar de consumir sangue de animais.

Em seus ataques, tanto nos animais quanto nos humanos, tomava o maior cuidado para não ser visto por ninguém.

Procurava agir de forma rápida e eficaz, usando métodos de artes marciais que veio aprimorando ao longo dos tempos. Depois de atacar suas vítimas, passava a língua no local da mordida, fazendo com que ela cicatrizasse sem deixar vestígios. Assim não ficava rastro algum e ninguém descobriria a verdadeira causa da morte.

A primeira cria

Em uma noite chuvosa, na cidade de Colônia, Alemanha, Cain avistou um homem branco que saía de um bar, desnorteado e sem rumo, com a roupa rasgada e suja. Sua aparência era jovem, olhos fundos, com uma expressão de raiva no rosto e uma cicatriz que começava na testa, passava entre o nariz e o olho esquerdo. O cabelo era curto na cor escura e barba rala. Não havia ninguém por perto, então Cain resolveu atacá-lo. Num golpe rápido, cravejou os dentes na jugular, mas não sugou todo o sangue da vítima, que começou a se debater; Cain deu um pouco de seu sangue. Logo a vítima passou a retomar a consciência, sem saber ao certo o que havia acontecido. Com o corpo todo dolorido, virou e se deparou com um homem de pele branca anêmica e de cabelos escuros até os ombros. Ainda assustado perguntou:

- Quem é você? O que aconteceu comigo?

 Cain respondeu:

- Estou lhe dando uma nova chance. Vamos! Explico no caminho. A propósito, qual é o seu nome?

 O homem, sem saber o que estava acontecendo, disse ainda mais assustado:

- Lúcius! Estou muito confuso ainda. Para onde você vai me levar?

- Lúcius, eu sou Cain. Vamos para minha casa que explicarei o que acontece e o que irá acontecer daqui pra frente.

Ao chegar a uma casa grande de pintura desgastada e com o quintal abandonado, Lúcius perguntou:

- É aqui que você mora?

- Sim. Vamos entrar! Você vai gostar da decoração.

Entrando na casa, Lúcius se deparou com uma mobília rústica bastante empoeirada, cortinas grossas e negras, alguns quadros, objetos antigos como castiçais, muitas velas espalhadas por todo ambiente, cálices com diferentes brasões, diversos escudos e espadas de todos os tipos. Gostando do que via e muito curioso com tudo que estava acontecendo, perguntou a Cain:

- Você mora sozinho?

- Sim.

- Há muito tempo?

- Há muito mais tempo que você possa imaginar. Vamos lá! Sente em algum lugar. Temos muito que conversar. Fale-me sobre você!

- Bem, estou um pouco apavorado e ainda sem saber o que aconteceu comigo. Ok! Vamos lá! Sou Lúcius Volgman. Tenho trinta e seis anos, sou viúvo e alcoólatra.

- Filhos?

- Não, minha esposa estava grávida quando morreu.

- Conte-me como foi isso!

- Ela estava com tuberculose e não consegui achar ninguém que pudesse ajudar com a cura de minha esposa e do meu filho. Após a morte dela e de meu filho, agarrei-me com a bebida e não larguei mais.

- E essa sua cicatriz?

- Isso foi numa briga devido à bebedeira.

- Tudo bem! Isso está bom pra mim até o momento. Agora, contarei a minha história numa versão resumida.

Num tempo bem distante, eu tive um desentendimento com meu irmão e acabei matando-o. Depois de eu ter feito essa besteira, que tenho muito arrependimento, recebi a punição de vagar eternamente na escuridão e ter que me alimentar apenas de sangue para lembrar-me do que fiz ao meu irmão. Essa prisão da escuridão me limita a andar sob a luz do sol. Posso explicar que sou um tipo de morcego, mas prefiro dizer que sou um vampiro, pois não tenho asas. Alguma dúvida?

Lúcius estava aterrorizado com que Cain havia lhe contado, mas tinha muitas dúvidas e não acreditava em tudo o que foi falado, então perguntou:

- Há quanto tempo ocorre essa punição?

- Há mais de mil e oitocentos anos depois da crucificação de Cristo.

- Nossa! Mas como continua com essa aparência tão jovem?

- É que continuo com a mesma aparência do início da punição.

- Por quanto tempo vai durar sua punição?

- Pra sempre.

- Nossa! Quem foi que lhe deu essa punição?

- Você é religioso?

- Não! Por quê?

- Certo! No momento, você não Irá entender, mas logo lhe direi e mostrarei para que possa entender.

- Por que não pode caminhar durante o dia?

- Expondo-me ao sol, meu corpo entrará em combustão. A propósito, isso também deverá acontecer com você agora.

Indignado, Lúcius gritou:

- COMO ASSIM?

- HEI! HEI! Acalme-se e me respeite! Eu o trouxe para o meu lado. Agora você é um vampiro e eu sou o seu senhor. Vá para o quarto dos fundos e tente se acalmar! Lá tem uma cama. Fique longe da janela e não abra as cortinas.

Cain se aproximou de Lúcius, segurou sua cabeça, olhou profundamente em seus olhos e falou em voz baixa, mas num tom intimidador:

- Vá para o quarto dos fundos! Conversaremos ao anoitecer.

Lúcius então abaixou a cabeça e, como estivesse em transe, caminhou até o quarto. Ao entrar, encontrou uma cama de casal com uma colcha vermelha, um guarda-roupa de estilo rústico, janelas grandes com cortinas negras longas e largas. Intimidado, deitou na cama e por lá ficou até minutos antes de escurecer. Ao levantar, foi à janela e, muito curioso, puxou timidamente a cortina, deixando entrar um feixe de luz solar. Lúcius pôs a mão no feixe de luz, mas sentiu uma queimação muito forte. Quando olhou para sua mão, ela estava pegando fogo. Então gritou e, no mesmo momento, Cain apareceu com um pano e jogou na mão de Lúcius para apagar o fogo. Cain deu uma risada e disse:

- Acredita agora? Olhe para sua mão e veja o estrago que foi feito só com esse tanto de luz.

- Sim, agora acredito! Disse Lúcius, assustado.

Cain saiu do quarto, mas logo em seguida voltou com uma bolsa de sangue e disse:

- Beba!

- Isso é sangue? Perguntou Lúcius, com os olhos arregalados.

- Sim! Agora beba! É sangue de ovelha, vai fazer com que a sua mão cicatrize e regenere.

Então, ele furou a bolsa, bebeu tudo e, segundos depois, olhou para a sua mão e ela estava cicatrizando. Cain, com uma expressão séria, disse:

- Passe a língua sobre a cicatriz.

Logo após passar a língua sobre a cicatriz, Lúcius reparou que a sua mão estava como era antes. Então falou:

- Agora acreditarei em tudo que disser e ficarei longe da luz do sol.

- Muito bem! Espere-me na sala! Irei ensiná-lo algumas coisas a respeito de nós, vampiros.

Lúcius esperava na sala, quando Cain apareceu com um casaco longo, cinza escuro, uma calça e camisa preta e entregou, dizendo:

- Vista! Deve servir em você, temos um porte parecido.

Lúcius foi até o quarto trocar de roupa e, ao voltar para sala, perguntou timidamente:

- O sangue de ovelha serve para cura?

- Para nós, todos os tipos de sangue fazem o mesmo efeito. O que não podemos é exagerar, só se deve tomar quando for necessário. Está pronto? Já vi que você só acredita no que vê ou sente. Vamos dar uma volta pela cidade. A propósito, vampiros só existem você e eu.

- Sim, estou pronto!

Saíram os dois para Cain mostrar algumas limitações de um vampiro no meio dos humanos. Caminhavam pelo centro da cidade, quando um homem alto, gordo, cabelos e barba ruiva, trajando roupa da alta sociedade, gritou:

- LÁ VEM O BÊBADO PULGUENTO!

Cain olhou para Lúcius, e disse:

- Você não é bem visto por aqui pelo jeito, mas vamos mudar isso. Caminhou até o homem ruivo e com um olhar penetrante, intimidador, falou:

- Quem é você pra falar assim com meu amigo? Peça desculpas agora e nos pague uma bebida no bar!

O homem, visivelmente intimidado, acatou:

- Sim senhor! Minhas desculpas, Lúcius. Vamos ao bar do Abraão. Irei pagar uma bebida para vocês.

Chegando ao bar, Cain e Lúcius sentaram à mesa e o homem ruivo pediu a Abraão que trouxesse duas canecas de vinho.

Cain disse:

- Peça três, você vai beber conosco!

O homem corrigiu o pedido e sentou à mesa, totalmente sem jeito. Muito envergonhado falou:

- Desculpe, eu me chamo Kovac! O senhor, quem é?

Com uma voz baixa e intimidadora respondeu:

- Alguém que você irá respeitar daqui pra frente. E claro, ao meu amigo, Lúcius, também!

Neste momento, Abraão chegava com as três canecas de vinho e, ao servir, perguntou a Lúcius:

- Vai me pagar hoje? A conta está grande!

Ao ouvi-lo, Cain tirou oito moedas de ouro do bolso e perguntou a Abraão:

- Isso paga?

Kovac e Abraão ficaram surpreendidos com a ação de Cain. Então, Abraão respondeu com um sorriso estampado no rosto:

- Sim, claro! Obrigado! Lúcius, sua dívida está quitada.

Com as canecas de vinho servidas, Lúcius foi logo tomando em goles grandes. Ao ver isso, Cain pegou sua caneca e se afastou da mesa.

Lúcius começou a sentir um tipo de enjoo e, de repente, vomitou em cima de Kovac, que levantou furioso e gritou:

- SEU PORCO NOJENTO! VEJA O QUE VOCÊ FEZ! Foi dando um soco em Lúcius, mas antes que Kovac o acertasse, Cain segurou seu braço e disse:

- Quem está parecendo um porco nojento aqui é você! Vai querer brigar? Estou à disposição, pois meu amigo está passando mal.

Kovac se virou e partiu para cima de Cain, que colocou o homem de joelhos no chão e segurando em seus cabelos, falou:

- Peça desculpas para meu amigo, em voz alta! Vamos!

Humilhado e sem reação, Kovac desculpou-se.

Insatisfeito, Cain ordenou:

- Diga a todos quem é o porco nojento aqui!

Tremendo de medo e raiva, Kovac afirmou:

- EU SOU O PORCO NOJENTO.

Enquanto ocorria tudo isso, Lúcius gargalhava junto com alguns frequentadores do bar, e outros ficavam impressionados.

Após toda confusão, Cain levou mais três moedas para Abraão e disse:

- Isso é pela confusão. E minhas desculpas a todos pela má educação desse homem. Lúcius, vamos!

Lúcius, com uma expressão de deboche, desejou boa noite a todos.

Os dois amigos retornaram para casa. Lúcius, durante o percurso, manteve-se em silêncio e com um sorriso estampado no rosto. Ao chegar a casa, começou o falar sem parar:

- Nossa! Foi muito bom o que fez no bar! Você acabou com aquele burguesinho. Nossa! Você é muito bom de briga e sabe mesmo intimidar alguém. Eu fico muito grato pelo que fez por mim, Obrigado!

Cain ouvia tudo, sentado na poltrona da sala, até Lúcius terminar de falar. Levantou-se e disse:

- Terminou? Posso falar? Percebeu o que aconteceu com você no bar?

- Comigo? Não!

- Você vomitou ao tomar o vinho. Sabe por quê?

- O vinho estava azedo.

- Não estava azedo. Você é vampiro agora, e nós não podemos ingerir bebidas e alimentos dos quais os humanos consomem. Entendeu o motivo de ter vomitado?

- Mas você também bebeu!

- Sim! Porém em goles pequenos e eu controlo o meu corpo, algo que deve aprender comigo.

- Agora faz sentido! Faça de mim seu pupilo! Disse Lúcius, com um sorriso no rosto.

- Hahahaha... Certo! Mas haverá regras que nunca poderá quebrar.

- Tudo bem, mestre!

- Começaremos ao anoitecer.

Cain se retirou da sala, foi em direção ao seu quarto e Lúcius fez o mesmo. Chegando a seu aposento, foi logo conferir se a cortina estava bem fechada. Mais tranquilo, deitou na cama onde ficou até poucas horas antes de anoitecer. Levantou, foi para sala, encontrou Cain acendendo as velas e foi cumprimentando com um bom dia.

Cain respondeu:

- É fim de tarde, logo irá anoitecer. Portanto, boa noite Lúcius! Mas tudo bem! Você vai se acostumar.

- É mesmo! Não me acostumei ainda com esse horário. Disse Lúcius, sem jeito.

- Tudo bem! Vamos começar. Vou mostrar-lhe o restante da casa.

De início, foram até a cozinha. Cain apontou:

- Aqui é a cozinha, como você pode ver, mas não utilizo como já sabe. Apenas uso o refrigerador para guardar as bolsas de sangue. Aqui vai sua primeira lição de hoje, não deve tomar sangue a qualquer hora e nem em demasia, tomando muito sem necessidade, pode lhe causar danos irreparáveis.

- O que acontece?

- Você acaba entrando em estado de frenesi.

- Nossa!

- O consumo de sangue deve ser apenas quando se sentir fraco, após muito esforço ou no caso de ferimento. Dúvidas?

- Até o momento não.

Foram para outro cômodo e Cain explicou:

- Aqui fica a lavanderia, também não utilizo.

- Como lava suas roupas?

- Pago para uma senhora lavar para mim. Levo a ela toda terça e busco na sexta.

Continuaram a visitar os cômodos e, ao passar pelo banheiro, Lúcius perguntou:

- O banheiro você usa?

- Apenas para o banho, não tenho necessidades fisiológicas.

- Bom! Eu já estava achando estranho, mas tudo bem. O seu quarto fica onde?

Cain apontou:

- Naquela porta, à direita. Atenção! Ali você não deve entrar. Entendido?

- Sim, mestre!

Voltando para sala, Lúcius perguntou:

- Esse dinheiro todo que você tem, veio de onde?

- Veio da minha longa jornada pelo mundo, dos reinos por onde eu passei. De serviços que fiz para passar o tempo, das vendas de quadros que ganhei por pagamento e outros artigos antigos, que foram valorizando com o tempo. Claro, tudo sem revelar quem sou de fato! Essa é a sua segunda lição: nunca revelar que é um vampiro! É uma regra minha, uma vez quebrada, será punido por mim com a retirada da cabeça do seu corpo. Entendido?

Assustado, Lúcius balançou a cabeça, afirmativamente.

- Outra lição muito importante: tenha cuidado com o fogo, pois pode causar o mesmo estrago que a luz do sol, como você já viu.

- Mas como faço com esse monte de velas?

- Você não tem o controle total do seu corpo, é nisso que iremos trabalhar.

- Tudo bem, mas antes vamos até onde eu morava para buscar alguns pertences. Isso se eu puder ficar morando aqui com você...

- Hahaha... Sim, claro! Vamos lá! Depois continuaremos com suas lições. Onde fica?

- No outro lado da cidade, na zona sul.

- Tudo bem! Vamos de carro.

- Nossa! Você tem um carro, que legal, então vamos! Exclamou Lúcius, impressionado.

- Tenho sim! Vamos. Está lá atrás.

Partiram os dois para casa de Lúcius.

A terceira integrante

No caminho da casa de Lúcius, numa rua com poucas residências, os dois avistaram uma casa em chamas e, saindo dela, uma mulher gritando por socorro. Em seguida, ela caiu estendida no chão onde permaneceu em silêncio.

- CAIN, OLHE LÁ! VAMOS AJUDAR!

- Não grita! Eu estou vendo, sim. Fique longe do fogo!

Os dois foram ao encontro da mulher. Ao chegar, eles se depararam com uma moça jovem, muito bonita, de pele branca, cabelos ruivos, vestindo pijama e com os pés descalços. Cain se abaixou até a moça e verificou os pontos vitais.

- Ela está viva? Perguntou Lúcius, angustiado.

- Sim, ela está desmaiada, mas não creio que irá sobreviver.

- O que vamos fazer?

Cain verificou se não havia ninguém observando. Então, pegou-a em seus braços, levou até o carro e a colocou no banco traseiro.

- E agora? Interrogou Lúcius, apreensivo.

- Vou fazer dela uma de nós. Vamos, antes que apareça alguém!

Saíram do local à procura de um lugar desabitado. A três quadras do local do incêndio, Cain parou o carro e disse a Lúcius:

- Saia do carro! Deixe-nos a sós e certifique-se estamos sozinhos.

Lúcius saiu do carro e conferiu que estavam realmente sozinhos.

Sem risco de ter alguém os observando, Cain cravejou suas presas na jugular da moça e sugou o sangue até um ponto. Com os próprios dentes, perfurou seu pulso direito e despejou o seu sangue na boca da moça, fazendo-a engolir. Após, passou a língua em seu pulso e no pescoço da moça, que continuava desacordada, e chamou Lúcius.

- Vamos, entre! Passaremos na sua casa amanhã.

- Tudo bem!

Ao chegar a casa, retiraram a moça do carro e levaram para uns dos quartos que estava vago e a puseram na cama. Saíram do quarto, Lúcius foi para sala e Cain foi até o seu quarto, mas logo retornou com uma bolsa, entregou a Lúcius e disse:

- Procure um lugar que venda roupas! É bem provável que não tenha mais nada aberto ainda, já são vinte e uma horas e trinta minutos, mas veja o que consegue e compre alguma roupa para moça e pra você também.

- Que tipo? Que tamanho?

- Um vestido, um pijama e um par de sapatos. Ela deve medir um metro e sessenta e três centímetros, ter uns quarenta e cinco quilos e deve calçar 36. Diga isso para pessoa que o atender. Também veja se tem roupa íntima. Para você, acredito que saiba o seu tamanho e o que comprar.

- Sim, sim, Já estou indo. Concordou Lúcius, com um sorriso no rosto.

Quando Lúcius havia saído para fazer as compras, Cain ouviu uns ruídos saindo do quarto onde estava a moça. Então, foi verificar o que poderia estar acontecendo. Chegando ao quarto, abriu a porta e encontrou a moça sentada na cama com um olhar de preocupada e sem saber onde estava. Cain entrou e disse:

- Olá! Como está? Como se chama?

A moça respondeu com uma expressão de medo.

- Meu nome é Valquíria Morgan Hantle. Quem é você? Onde estou?

- Fique calma! Eu sou Cain e você está em minha casa. Venha, vamos conversar na sala.

Valquíria se levantou timidamente e acompanhou Cain até a sala.

- Sente-se! Já pedi para um amigo ir comprar roupas pra você, pois acredito que suas roupas devem ter queimado junto com sua casa.

- Você me socorreu?

- Sim. Eu e Lúcius, esse amigo que foi comprar roupas pra você. Sabe a causa do incêndio, Valquíria?

- Não, eu estava dormindo. Quando acordei a casa já estava em chamas. Fui procurar o meu marido e não o encontrei em lugar nenhum. Não conseguia enxergar mais nada e nem respirar direito. Então, saí para pedir socorro. Depois disso, não me lembro de mais nada. Você viu algum homem pela rua?

- Não, apenas você.

Valquíria, com expressão de choro e com a voz embargada, indagou:

- O que será que aconteceu com meu marido?

- Não havia mais ninguém na casa. Deve ter sido ele que pôs fogo. Vocês estavam bem? Andaram brigando nos últimos dias?

- Discutimos essa tarde e ele disse que tinha vontade de me matar, mas não poderia ser sério.

- Será? Deixou o fogão aceso?

- Não! Tenho certeza que apaguei.

- O que acha que pode ter acontecido?

Valquíria em voz baixa:

- Será que foi ele?

Nesse momento, Lúcius adentra a casa, carregando uns pacotes entre os braços, e cumprimenta a moça, mexendo a cabeça.

- Olá! Trouxe algumas roupas para você.

Cain, esfregando as mãos com um ar de satisfeito:

- Muito bem! Conseguiu comprar tudo que pedi?

Lúcius entregou três pacotes à Valquíria e disse para Cain.

- Consegui sim, mas tive que acordar a dona da loja e seu marido e cobraram um pouco a mais. Tudo bem?

- Claro! Sem problemas. Lúcius, essa é a Valquíria.

Valquíria, ainda tímida, cumprimenta Lúcius com um olá!

- Olá! Como está? Falou Lúcius.

- Não muito bem. Respondeu Valquíria, baixando a cabeça.

Cain se levantou e perguntou:

- Valquíria, quer tomar um banho?

- Não quero incomodar mais do que já incomodei até agora.

- Incômodo nenhum. Vá tomar um banho e prove as roupas para ver se servem.

- Obrigada a vocês!

- O banheiro é naquela porta- apontou Cain- lá tem um balcão onde vai encontrar algumas toalhas e escova para pentear o cabelo. Fique à vontade.

Valquíria foi para o banheiro e, ao entrar, reparou que não havia espelho. Foi até o balcão, pegou uma toalha e foi ao banho.

Enquanto isso, Cain e Lúcius conversavam na sala. Lúcius questionou:

- Já contou para ela o que ocorreu?

- Ainda não, estou dando um tempo para se acalmar. Peço a você que se comporte. Respeite-a e tenha uma relação fraterna, diferente da que tive com Abel, meu irmão. Se é que você me entende.

- Sim, sim claro!

- Até porque você não conseguirá ter relações sexuais com ela e com ninguém.

Lúcius ficou impressionado com a revelação.

- Sério? Por quê?

- Não somos pessoas vivas e nem mortas, e sim, o meio termo. Não podemos reproduzir como no modo tradicional.

- Nossa! Isso é chocante e perturbador!

Valquíria retorna para sala, vestindo um vestido branco com detalhes e sapatos pretos.

- Vejo que o vestido lhe serviu muito bem. Comentou Cain.

- Sim, muito obrigada! Nunca tive um vestido tão bonito.

- Foi Lúcius que escolheu.

- Obrigada, Lúcius!

- De nada.

Valquíria não quis comentar que não havia espelho no banheiro, e sentou numa poltrona na sala.

Cain olhou com uma expressão séria.

- Valquíria, eu vou contar o que aconteceu com você após ter desmaiado no meio da rua. Verifiquei seu pulso, vi que estava muito fraco e sua respiração comprometida, devido à quantidade de fumaça que você inalou. Percebi que não havia muitas chances, era questão de tempo, logo morreria. Decidi trazê-la para o nosso lado. Agora você é uma de nós.

- Desculpe, não entendi! Quem são vocês?

- Compreendo. Nós somos vampiros. Você é religiosa?

- Sim!

- Conhece a história de Cain e Abel?

- Sim, o que tem a ver?

- Eu sou Cain, filho de Adão e Eva, irmão de Abel. Depois de ter cometido um pecado imperdoável com meu irmão, que acredito que você já saiba, recebi uma punição de vagar eternamente na escuridão, ou seja, só posso vagar pela noite e alimentar-me apenas de sangue. E agora, tenho a sua companhia e de Lúcius.

Valquíria, com uma expressão de não estar acreditando, exclamou:

- Nossa!

Cain muito sério:

- Não acredita? Tudo bem! Lúcius, alcance para mim a tesoura que está naquele balcão, ali no canto!

Lúcius, quieto e atento, levantou e foi em direção ao balcão, abrindo a primeira gaveta, avistou uma tesoura, pegou-a e levou para Cain.

Cain olhou para Lúcius e disse:

- Corte o meu cabelo bem curto!

Valquíria permaneceu atenta, em silêncio.

Lúcius, atendendo ao pedido, pegou uma mecha de cabelo e cortou bem rente à raiz.

- Continue. Corte tudo!

Continuou a cortar mecha por mecha, o mais rente possível, até deixar Cain satisfeito. Quando Lúcius terminou, Cain disse:

- Prestem atenção agora!

O cabelo que estava no chão desapareceu e começou a crescer novamente na cabeça de Cain, até ficar no tamanho que estava antes.

Enquanto Valquíria e Lúcius observavam com espanto, Cain pegou a tesoura da mão de Lúcius e enterrou em seu próprio braço, causando um grave ferimento. Após, retirou a tesoura do braço e colocou a boca no ferimento, sugando o sangue. Por fim, passou a língua sobre o local, que cicatrizou sem deixar marca nenhuma. Cain olhou para Valquíria, dizendo:

- Está bom pra você? Lúcius, por favor, traga-me uma bolsa de sangue!

- De ovelha?

- Só você mesmo- Cain riu- traga qualquer uma!

Lúcius foi buscar a bolsa de sangue, enquanto Valquíria permanecia em estado de choque.

- Valquíria, diga alguma coisa!

No momento, Lúcius retorna com a bolsa de sangue e a entrega. Cain abre a boca, fazendo suas presas crescerem, perfura a bolsa, toma o sangue e diz:

- Vocês também podem fazer isso!

- Sem chance! O que é isso? Valquíria arregalou os olhos.

- É o que você, Lúcius e eu somos! Você iria morrer e decidi trazê-la para o lado dos vampiros. Se não quiser, pode optar pela morte. Então, qual a sua vontade?

- Posso experimentar e depois decidir? Valquíria estava assustada.

- Tudo bem! Mas não demore muito. Lúcius, fale para ela o que você aprendeu até agora!

Lúcius se ajeitou na poltrona, apoiou um pé no joelho, colocou os braços nas laterais da poltrona, deu uma tossida e começou a falar:

- Bom! Não podemos nos expor à luz do sol. Atenção! Durante o dia fique longe da janela e não mexa na cortina. A luz do sol nos queima até a morte. Só podemos nos alimentar de sangue e apenas quando for necessário, ou seja, quando sentir fraqueza, após muito esforço, ou quando estiver com algum ferimento grave. Sangue de animais de preferência; de humanos, só com a autorização de Cain. Os alimentos que você estava acostumada a comer não lhe servirão mais. Nunca se revele aos humanos, caso não respeitar essa regra será punida com a retirada de sua cabeça do seu corpo. Nunca entre no quarto de Cain, nosso mestre!

Batendo palmas, Cain disse:

- Muito bem! Valquíria, alguma dúvida?

Impressionada, Valquíria respondeu um não, com timidez.

- Valquíria, conte para nós sobre você, que fazia? Quem é você?

- Tenho vinte e três anos, sou casada há quatro anos ou era. Meu marido se chama Thomaz Huntle. Eu trabalhava em casa, cuidando dos afazeres domésticos e meu marido trabalhava numa serralheria.

- Tem filhos?

- Não! Esse foi o motivo da minha briga com meu marido. Eu não posso ter filhos, mas ele queria e disse que iria ter com outra mulher, de preferência rica, e seria melhor que eu sumisse da vida dele. Se precisasse, até me mataria.

- Com certeza, foi ele quem colocou fogo na casa.

- Concordo com você, mestre!

Valquíria permaneceu calada e de cabeça baixa.

Num tom suave, Cain perguntou:

- Valquíria, vai ficar conosco?

Timidamente, Valquíria respondeu que sim.

- Lúcius, mostre a casa a ela!

- Sim, claro! Venha comigo!

Levantaram-se os dois e foram dar uma volta pelos cômodos da casa. Ao chegar à cozinha, Lúcius, com muita gentileza, foi apresentando do mesmo modo que Cain havia apresentado. Quando chegou a vez do banheiro, Lúcius comentou:

- Aqui é o banheiro, que você já conhece.

Valquíria, curiosa por não ter visto nenhum espelho na casa, perguntou:

- Lúcius, sabe me dizer por que não tem espelho nesta casa?

- É mesmo! Não tinha reparado nisso! Depois perguntamos a ele

Prosseguiram com as apresentações dos cômodos, enquanto Lúcius falava sobre o que aconteceu com ele. Disse que era um pouco assustador, mas Cain era uma pessoa bacana.

Terminada as apresentações, retornaram para sala onde Cain permanecia sentado na poltrona, à espera dos dois. Sentaram-se e Cain perguntou, com as mãos entrelaçadas:

- Então, o que achou?

- O senhor tem uma casa muito bonita, mas teve algo que chamou a minha atenção, o de não ter espelho em lugar nenhum.

- Muito bem! Você é uma boa observadora. O fato de não ter espelho é porque nós não refletimos. Portanto, cuidem para que ninguém repare nisso. Certo?

Lúcius e Valquíria concordaram simultaneamente. Valquíria o chamou de senhor e ele a corrigiu:

- Valquíria, não me chame de senhor. Trate-me por você, tu ou pelo o meu nome.

- Tudo bem!

- Vamos dormir. Ao anoitecer, continuaremos. Até mais, pessoal!

- Valquíria, fique longe das janelas! Alertou Lúcius.

- Pode deixar!

Antes de anoitecer, Valquíria acordou, trocou de roupa e foi à procura de um pano para limpar a casa. Começou a limpeza. Após algum tempo, Cain acordou e logo que viu Valquíria passando o pano sobre a mesinha do centro, perguntou:

- Por que está passando o pano na mesinha?

- Ufa! É você! É que estava cheia de poeira. Justificou Valquíria, assustada.

- Huuum... Nós podemos pedir para alguém fazer isso. Vou ver com uma senhora. Vejo que já está arrumada. Vamos esperar Lúcius

Pouco depois, Lúcius acorda bem vestido, trajando um sapato, calça preta, camisa cinza, casaco preto e cumprimenta a todos:

- Boa noite!

- Boa noite! Vamos até a loja e depois vamos à sua casa. Decidiu Cain.

Foram os três para o carro. Ao chegar à loja que estava quase fechando, entraram. Encomendaram novos vestidos, sapatos, casacos, calças, camisas, roupas íntimas. Cain pediu também, para os dois, três camisetas e calças esportivas, com dois pares de tênis. Os dois se entreolharam sem saber o que estava acontecendo, mas nenhum dos dois quis perguntar nada.

Terminada as compras, retornaram ao carro e prosseguiram à casa de Lúcius para pegar alguns pertences. Chegando a casa, Lúcius pegou um retrato de sua falecida esposa e mais algumas roupas; roupas íntimas, toalhas e saiu. Nesse momento, Cain aconselhou Lúcius a vender a casa e ele concordou.

Entraram novamente no carro e foram à casa de Cain. No caminho, do banco de trás do carro, Valquíria avistou dois homens. Um deles era o seu marido que estava rindo como se nada tivesse acontecido.

- Olhe só, é meu marido! Alertou Valquíria.

- Qual deles? Perguntou Cain.

- O que está do lado direito, loiro gordinho.

Cain parou o carro.

- Valquíria, fique no carro! Venha, Lúcius!

Foram em direção aos dois homens, enquanto Valquíria permanecia no carro. Quando eles chegaram, Cain perguntou:

- Quem é Thomaz Huntle?

Os dois homens olharam e um respondeu:

- Sou eu. Por quê?

- Conhece alguma Valquíria?

Thomaz, com expressão de assustado, respondeu.

- Não, por quê?

No instante seguinte, Valquíria sai do carro, ao que Thomaz treme e balbucia qualquer coisa incompreensível.

- Sério? Vou refrescar sua memória! Diz Cain ao mesmo tempo que rapidamente segura a vítima e enfia um soco que se escuta o crepitar de costelas se quebrando.

Em seguida, fez um sinal a Lúcius para cuidar do outro homem e continuou dando um soco na boca, quebrando os dentes. Sem deixar que Thomaz reagisse, soltou um chute, quebrando também a perna direita.

Cain tornou a perguntar:

- É agora, lembra?

O moço ao lado nem se mexia.

- Lúcius, vamos!

Deram as costas e retornaram ao carro, enquanto Thomaz gemia de dor e seu amigo tentava socorrê-lo.

No carro, Cain comentou:

- Não foi o que ele merecia, mas foi o que eu pude dar a ele, no momento.

- Ficou claro quem foi que colocou fogo na casa. Cain, você bateu com vontade, não é mesmo?

- Na verdade, não! Tive que me conter. Havia um homem ao lado, eu podia tê-lo matado.

Valquíria, com a voz embargada.

- Tinha razão! Foi ele que colocou fogo na casa. Ele queria me matar.

- Esqueça! Você tem muito pela frente.

Seguiram até a casa de Cain.

Dia de treinamento

Ao chegar a casa, Valquíria se recolheu ao seu quarto. Cain e Lúcius retiraram os pertences de Lúcius e as encomendas do carro. Quando terminaram, Cain disse:

- Lúcius, ponha uma roupa confortável e venha para sala que vou ensiná-lo a controlar o seu corpo.

Lúcius, muito empolgado, foi se vestir. Enquanto isso, Cain foi ver como Valquíria estava. Bateu na porta e Valquíria permitiu que ele entrasse.

Cain viu Valquíria sentada na cama, e comunicou:

- Estamos na sala. Vou ensinar meditação. Sei que você não está bem, por esse motivo vou deixar você optar se quer vir ou não. Se quiser, coloque uma roupa confortável. A propósito, as suas roupas estão na sala.

Valquíria, enxugando o rosto, agradeceu, se levantou e buscou a roupa que estava na sala e, em seguida, atirou-se na cama.

Lúcius chegou à sala empolgado.

- O que vai acontecer, mestre?

- Bom, vamos começar com a meditação. Sente-se no chão de forma confortável e tente não pensar em nada. Deixe a mente vazia, controle a sua respiração.

Passado quatro horas, com várias tentativas, Lúcius conseguiu entrar em transe. Neste exato momento, Valquíria apareceu na sala com uma roupa apropriada e disse que estava pronta.

- Muito bem! Aprovou Cain.

Cain pacientemente explicou novamente todo procedimento à Valquíria. Entendido, ela fez todo procedimento em duas horas, conseguindo entrar em transe. Os dois permaneceram com a meditação até clarear o dia e, por fim, recolheram-se aos seus devidos quartos até o próximo anoitecer.

Quando escureceu, Cain já os esperava na sala, sentado. Chegando, os dois também se sentaram. Então, Cain perguntou se estavam prontos e ambos responderam que sim.

- Vamos botar essas presas pra fora. Abram a boca e forcem para que elas saiam. Como vocês podem perceber, elas têm uma continuidade na gengiva. Deve doer nas primeiras vezes. As presas facilitam a perfuração e fica mais fácil para sugar o sangue.

 Fizeram conforme foi explicado e sentiram muita dor.

- Dói demais. Reclamou Lúcius.

- Dói mesmo! Confirmou Valquíria.

- Como eu disse, vai doer nas primeiras vezes. Agora façam o contrário, recolhendo as presas. E repitam por mais dez vezes, devagar.

Enquanto isso, Cain foi até a cozinha buscar duas bolsas de sangue e, quando retornou, deu uma bolsa para cada um e disse:

- Usem suas presas para furar a bolsa e bebam!

Fizeram tudo como Cain orientava, deixando-o satisfeito.

- Na próxima semana, vamos para Sitka, no Alaska, nos Estados Unidos da América.

- Nossa! Por quê? Surpreendeu-se Valquíria.

- No próximo mês, o Alaska ficará um bom tempo apenas no período noturno.

- Vamos de quê? Onde vamos ficar?

- Vamos de caravela e ficaremos em minha casa, Lúcius.

- Você tem casa lá também? Perguntou Valquíria.

Cain respondeu que sim e, em seguida, foram para trás do terreno. Chegando lá, encontraram uma clareira e, ao redor, várias árvores.

- Prestem atenção! Vou me camuflar na mata. Disse Cain, indo em direção à mata. De repente, sumiu. Nenhum dos dois conseguia visualizar Cain. Ele havia sumido aos olhos de Lúcius e Valquíria. Por mais que eles procurassem, não o encontravam. Subitamente Cain apareceu na frente deles e os dois levaram um susto.

- Como fez isso? Valquíria perguntou surpresa.

- É! Como? Reforçou Lúcius.

- Isso se chama furtividade. Vocês aprenderão comigo. É uma disciplina em que você se camufla em qualquer ambiente, e assim permite retirar sangue dos animais e de vítimas, sem notarem a sua presença. Ensinarei várias disciplinas como rapidez, fortitude, presença, potência, metamorfose e artes marciais.

Valquíria e Lúcius quiseram saber o que fazia cada uma.

- Está bem! Vou explicar. Rapidez: enquanto um humano faz um movimento, nós podemos fazer de três a cinco, depende do nível que estiver e da quantidade de sangue que for usada. Para usar essa disciplina, é gasta uma quantidade de sangue. Fortitude: você eleva o seu poder físico sem alterações visíveis, podendo assim absorver mais impacto. Presença é poder de intimidação, o mesmo que eu usei com aquele seu colega, Kovac; e também o respeito. Potência é o aumento de sua força ou de um golpe que pode chegar ao de cinco homens. Na Metamorfose, você pode tomar a forma de animal: um morcego, lobo, tigre ou qualquer animal que tenha presas. Alguma dúvida?

- Nossa! Sério? Um animal? Surpreendeu-se Valquíria.

- Força de cinco homens? Fortes ou fracos? Perguntou Lúcius.

Cain gargalhou.

- Sim! Qualquer tipo de animal com presas, Valquíria. Sim, Lúcius! Cinco homens fortes. Aguardem aqui!

Cain foi até dentro de casa e voltou com dois arcos e flechas.

- Vocês sabem atirar com arco e flechas?

Lúcius e Valquíria olharam um para o outro, sem entender o que estava acontecendo e responderam que não.

- Suspeitei... Suspirou Cain.

Então, ensinou a eles como se usava. Depois de um bom tempo, entenderam a mecânica.

Cain tomou uma distância, de mais ou menos trinta metros, e ordenou:

- Atirem em minha direção!

- Sério? Valquíria, assustada.

- Sim. Vamos!

Atiraram na direção de Cain e, quando as flechas passavam a seu lado, ele pegou-as na mão.

- Nossa! Falou Lúcius, admirado com a agilidade do mestre.

- Isso é um pouco da rapidez. Agora, vou mostrar um pouco da potência e da fortitude.

Ele foi até uma árvore, com aproximadamente um metro de diâmetro, e deu um soco, fazendo um estrago enorme, sem se quer causar um arranhão em sua mão.

Lúcius e Valquíria ficaram impressionados.

- Agora digam um animal que querem que eu me transforme.

- Um cachorro. Sugeriu Valquíria.

- Tudo bem!

E foi o que ele fez. Transformou-se num cachorro da raça capa preta. Quando voltou a sua forma humana, disse:

- Está bom por hoje! Amanhã, vou mostrar como funciona o uso da presença. Vamos entrar!

Retornaram os três para casa. Cain foi até a cozinha, pegou uma bolsa de sangue, levou para sala, tomou e disse:

- Sempre que vocês usarem uma dessas disciplinas, eu aconselho que tomem sangue.

Logo após, com o dia clareando, foram dormir. Lúcius estava muito empolgado com que tinha visto e não conseguiu dormir direito. Valquíria tinha ficado impressionada com a metamorfose e também passou dificuldades para dormir.

Na noite seguinte, Cain os esperava na sala para dar uma volta no centro da cidade. Logo, eles apareceram.

- Vamos dar uma volta. Disse Cain.

Pegaram o carro e foram ao centro da cidade. Chegando lá, estacionaram em frente de uma loja já fechada e seguiram a pé. Durante o caminho, passaram por um bar onde um grupo de homens fazia aposta em queda de braço. Aproximaram-se e viram que um homem loiro e forte era o rei do pedaço. Cain chamou o homem e apostou com ele. Aposta feita, eles foram para mesa. Lúcius e Valquíria pensaram, "essa vai ser fácil!". Cain e o rapaz iniciaram a queda de braço que começou disputada. Os dois estavam com expressão de força. O homem foi levando vantagem até que conseguiu vencer e provocou:

- Quem é o próximo?

Cain chamou Valquíria e disse:

- Vai você agora!

- Como assim?- Assustou-se Valquíria.

- Por que você perdeu? Questionou Lúcius.

- Pra ganhar numa aposta maior! Valquíria, agora vá e se concentre no seu braço!

- Está bem, vou tentar!

Ela chamou o rapaz para uma queda de braço. O rapaz riu.

- Você?!

- É! Eu dobro a aposta! Provocou Cain.

- Tudo bem! Essa vai ser a grana mais fácil que eu já consegui. Vou com carinho, está bem?

Sentaram à mesa. Ficaram a postos. O homem deu um beijo na mão de Valquíria, antes de iniciar. Começou, mas em menos de um segundo, o braço do homem já estava deitado na mesa. Ele deu um grito de dor por ela ter apertado a sua mão com muita força e por ter batido o braço com violência na mesa.

O pessoal do bar ficou impressionado por um homem ter perdido na queda de braço para uma mulher.

- Esse dinheiro é nosso! Disse Cain, pegando.

Cain falou para Lúcius:

- Agora, você vai até o homem! Olhe nos olhos dele e fale com uma voz baixa, mas intimidadora. Peça para ele pedir desculpa a ela por ter menosprezado a força de uma dama.

Lúcius foi ao homem e fez o que Cain disse; e foi mais além. Mandou pedir de joelhos e que pagasse três canecas de vinho.

O homem fez o que Lúcius mandou. Ficou de joelhos, pediu desculpas e trouxe três canecas de vinho.

- Parabéns a vocês! Saíram-se muito bem! Valquíria faça de conta que está bebendo! Você também, Lúcius!

Permaneceram por um tempo e voltaram para casa. Ao chegar, Cain ordenou:

- Arrumem as suas coisas, pois ao anoitecer iremos para os Estados Unidos da América!

Foi à cozinha, buscou duas bolsas de sangue, deu para os dois e continuou:

- Como eu já disse, sempre que fizer uso das disciplinas, repor o sangue que usou na ação.

- Quanto tempo nós vamos ficar no Alaska? Quis saber Lúcius.

- Bom, pra ser mais preciso, ficaremos na cidade chamada Sitka, no Alaska, que é um estado Americano. Ficaremos trinta dias. Só que passaremos sessenta e dois dias viajando: trinta e um dias para ir e trinta e um para voltar.

- O que faremos em todo esse tempo de viagem? Perguntou Valquíria.

- Meditação. Quanto menos esforço nós fizermos, menos sangue nós vamos precisar.

Todos arrumaram as malas e estavam prontos para viagem.

Na noite seguinte, foram até o local da partida. Ao chegar, Cain comunicou à tripulação que teriam mais dois passageiros.

- Você já tinha agendado essa viagem? Questionou Valquíria.

- Sim. Nessa época sempre vou para Sitka.

Zarparam rumo a Sitka. Durante a viagem, a maior parte do tempo, eles ficavam fazendo meditação como parte do aprendizado e para poupar energia.

- Eles sabem que somos vampiros? Quis saber Lúcius.

- Não. Disse pra eles que temos um raro problema de pigmentação na pele e não poderíamos ficar expostos ao sol

- Esse barco é seu?

- Não, Valquíria. Eu pago a eles para me levarem a outros países, cidades, lugares que eu queira ir.

Enfim, após trinta e um dias de viagem, chegaram ao seu destino: uma casa grande, numa ilha isolada da cidade, com vários quadros e peças dos antigos reinos por onde passou.

- Descarreguem suas malas!- ordenou Cain- Depois, nós iremos à procura de sangue. Ensinarei a caçar.

Descarregadas as malas, foram à caça. Entraram num campo onde tinha uns cervos. Cain aconselhou:

- Vão com calma! Façam o mínimo de barulho possível, cravem suas presas na jugular e suguem até encher a bolsa. Depois passem a língua no local da mordida. Esse tanto de sangue não fará mal ao animal, apenas o deixará fraco e logo estará normal.

Lúcius e Valquíria percorreram o campo todo. Eles fizeram um bom estoque de sangue, o suficiente para o mês e para o retorno.

- Daqui pra frente, por um longo tempo, além das disciplinas que vocês já viram, eu vou ensinar algumas artes marciais, como o kalaripayattu que aprendi com os indianos; é uma arte bem completa que utiliza tanto as mãos e pés, quanto armas brancas. Há também o kung fu, uma arte chinesa; karatê que é japonesa, capoeira que é uma dança africana, mas eu considero com uma arte marcial e muitas outras que irão ver com o tempo.

Lúcius e Valquíria estavam empolgados com que Cain ia ensiná-los.

O aprendizado se prolongou por noventa e dois anos. Passaram por centenas de países. Aprenderam vários idiomas, culturas. Conheceram muitas pessoas. Aprenderam comercializar quadros e artigos antigos. Dominavam suas disciplinas e as artes marciais que Cain havia ensinado. E a cada ano, retornavam para Sitka, no Alaska, onde se tornou um centro de treinamento.

A despedida

Ao chegar a casa, Valquíria se recolheu ao seu quarto. Cain e Lúcius retiraram os pertences de Lúcius e as encomendas do carro. Quando terminaram, Cain disse:

- Lúcius, ponha uma roupa confortável e venha para sala que vou ensiná-lo a controlar o seu corpo.

Lúcius, muito empolgado, foi se vestir. Enquanto isso, Cain foi ver como Valquíria estava. Bateu na porta e Valquíria permitiu que ele entrasse. Cain viu Valquíria sentada na cama, e comunicou:

- Estamos na sala. Vou ensinar meditação. Sei que você não está bem, por esse motivo vou deixar você optar se quer vir ou não. Se quiser, coloque uma roupa confortável. A propósito, as suas roupas estão na sala.

Valquíria, enxugando o rosto, agradeceu, se levantou e buscou a roupa que estava na sala e, em seguida, atirou-se na cama.

Lúcius chegou à sala empolgado.

- O que vai acontecer, mestre?

- Bom, vamos começar com a meditação. Sente-se no chão de forma confortável e tente não pensar em nada. Deixe a mente vazia, controle a sua respiração.

Passado quatro horas, com várias tentativas, Lúcius conseguiu entrar em transe. Neste exato momento, Valquíria apareceu na sala com uma roupa apropriada e disse que estava pronta.

- Muito bem! Aprovou Cain.

Cain pacientemente explicou novamente todo procedimento à Valquíria. Entendido, ela fez todo procedimento em duas horas, conseguindo entrar em transe. Os dois permaneceram com a meditação até clarear o dia e, por fim, recolheram-se aos seus devidos quartos até o próximo anoitecer.

Quando escureceu, Cain já os esperava na sala, sentado. Chegando, os dois também se sentaram. Então, Cain perguntou se estavam prontos e ambos responderam que sim.

- Vamos botar essas presas pra fora. Abram a boca e forcem para que elas saiam. Como vocês podem perceber, elas têm uma continuidade na gengiva. Deve doer nas primeiras vezes. As presas facilitam a perfuração e fica mais fácil para sugar o sangue.

 Fizeram conforme foi explicado e sentiram muita dor.

- Dói demais. Reclamou Lúcius.

- Dói mesmo! Confirmou Valquíria.

- Como eu disse, vai doer nas primeiras vezes. Agora façam o contrário, recolhendo as presas. E repitam por mais dez vezes, devagar.

Enquanto isso, Cain foi até a cozinha buscar duas bolsas de sangue e, quando retornou, deu uma bolsa para cada um e disse:

- Usem suas presas para furar a bolsa e bebam!

Fizeram tudo como Cain orientava, deixando-o satisfeito.

- Na próxima semana, vamos para Sitka, no Alaska, nos Estados Unidos da América.

- Nossa! Por quê? Surpreendeu-se Valquíria.

- No próximo mês, o Alaska ficará um bom tempo apenas no período noturno.

- Vamos de quê? Onde vamos ficar?

- Vamos de caravela e ficaremos em minha casa, Lúcius.

- Você tem casa lá também? Perguntou Valquíria.

Cain respondeu que sim e, em seguida, foram para trás do terreno. Chegando lá, encontraram uma clareira e, ao redor, várias árvores.

- Prestem atenção! Vou me camuflar na mata. Disse Cain, indo em direção à mata. De repente, sumiu. Nenhum dos dois conseguia visualizar Cain. Ele havia sumido aos olhos de Lúcius e Valquíria. Por mais que eles procurassem, não o encontravam. Subitamente Cain apareceu na frente deles e os dois levaram um susto.

- Como fez isso? Valquíria perguntou surpresa.

- É! Como? Reforçou Lúcius.

- Isso se chama furtividade. Vocês aprenderão comigo. É uma disciplina em que você se camufla em qualquer ambiente, e assim permite retirar sangue dos animais e de vítimas, sem notarem a sua presença. Ensinarei várias disciplinas como rapidez, fortitude, presença, potência, metamorfose e artes marciais.

Valquíria e Lúcius quiseram saber o que fazia cada uma.

- Está bem! Vou explicar. Rapidez: enquanto um humano faz um movimento, nós podemos fazer de três a cinco, depende do nível que estiver e da quantidade de sangue que for usada. Para usar essa disciplina, é gasta uma quantidade de sangue. Fortitude: você eleva o seu poder físico sem alterações visíveis, podendo assim absorver mais impacto. Presença é poder de intimidação, o mesmo que eu usei com aquele seu colega, Kovac; e também o respeito. Potência é o aumento de sua força ou de um golpe que pode chegar ao de cinco homens. Na Metamorfose, você pode tomar a forma de animal: um morcego, lobo, tigre ou qualquer animal que tenha presas. Alguma dúvida?

- Nossa! Sério? Um animal? Surpreendeu-se Valquíria.

- Força de cinco homens? Fortes ou fracos? Perguntou Lúcius.

Cain gargalhou.

- Sim! Qualquer tipo de animal com presas, Valquíria. Sim, Lúcius! Cinco homens fortes. Aguardem aqui!

Cain foi até dentro de casa e voltou com dois arcos e flechas.

- Vocês sabem atirar com arco e flechas?

Lúcius e Valquíria olharam um para o outro, sem entender o que estava acontecendo e deram de ombros.

- Suspeitei... Suspirou Cain.

Então, ensinou a eles como se usava. Depois de um bom tempo, entenderam a mecânica.

Cain tomou uma distância, de mais ou menos trinta metros, e ordenou:

- Atirem em minha direção!

- Sério? Valquíria, assustada.

- Sim. Vamos!

Atiraram na direção de Cain e, quando as flechas passavam a seu lado, ele pegou-as na mão.

- Nossa! Falou Lúcius, admirado com a agilidade do mestre.

- Isso é um pouco da rapidez. Agora, vou mostrar um pouco da potência e da fortitude.

Ele foi até uma árvore, com aproximadamente um metro de diâmetro, e deu um soco, fazendo um estrago enorme, sem se quer causar um arranhão em sua mão.

Lúcius e Valquíria ficaram impressionados.

- Agora digam um animal que querem que eu me transforme.

- Um cachorro. Sugeriu Valquíria.

- Tudo bem!

E foi o que ele fez. Transformou-se num cachorro da raça capa preta. Quando voltou a sua forma humana, disse:

- Está bom por hoje! Amanhã, vou mostrar como funciona o uso da presença. Vamos entrar!

Retornaram os três para casa. Cain foi até a cozinha, pegou uma bolsa de sangue, levou para sala, tomou e disse:

- Sempre que vocês usarem uma dessas disciplinas, eu aconselho que tomem sangue.

Logo após, com o dia clareando, foram dormir. Lúcius estava muito empolgado com que tinha visto e não conseguiu dormir direito. Valquíria tinha ficado impressionada com a metamorfose e também passou dificuldades para dormir.

Na noite seguinte, Cain os esperava na sala para dar uma volta no centro da cidade. Logo, eles apareceram.

- Vamos dar uma volta. Disse Cain.

Pegaram o carro e foram ao centro da cidade. Chegando lá, estacionaram em frente de uma loja já fechada e seguiram a pé. Durante o caminho, passaram por um bar onde um grupo de homens fazia aposta em queda de braço. Aproximaram-se e viram que um homem loiro e forte era o rei do pedaço. Cain chamou o homem e apostou com ele. Aposta feita, eles foram para mesa. Lúcius e Valquíria pensaram, "essa vai ser fácil!". Cain e o rapaz iniciaram a queda de braço que começou disputada. Os dois estavam com expressão de força. O homem foi levando vantagem até que conseguiu vencer e provocou:

- Quem é o próximo?

Cain chamou Valquíria e disse:

- Vai você agora!

- Como assim?- Assustou-se Valquíria.

- Por que você perdeu? Questionou Lúcius.

- Pra ganhar numa aposta maior! Valquíria, agora vá e se concentre no seu braço!

- Está bem, vou tentar!

Ela chamou o rapaz para uma queda de braço. O rapaz riu.

- Você?!

- É! Eu dobro a aposta! Provocou Cain.

- Tudo bem! Essa vai ser a grana mais fácil que eu já consegui. Vou com carinho, está bem?

Sentaram à mesa. Ficaram a postos. O homem deu um beijo na mão de Valquíria, antes de iniciar. Começou, mas em menos de um segundo, o braço do homem já estava deitado na mesa. Ele deu um grito de dor por ela ter apertado a sua mão com muita força e por ter batido o braço com violência na mesa.

O pessoal do bar ficou impressionado por um homem ter perdido na queda de braço para uma mulher.

- Esse dinheiro é nosso! Disse Cain, pegando.

Cain falou para Lúcius:

- Agora, você vai até o homem! Olhe nos olhos dele e fale com uma voz baixa, mas intimidadora. Peça para ele pedir desculpa a ela por ter menosprezado a força de uma dama.

Lúcius foi ao homem e fez o que Cain disse; e foi mais além. Mandou pedir de joelhos e que pagasse três canecas de vinho.

O homem fez o que Lúcius mandou. Ficou de joelhos, pediu desculpas e trouxe três canecas de vinho.

- Parabéns a vocês! Saíram-se muito bem! Valquíria faça de conta que está bebendo! Você também, Lúcius!

Permaneceram por um tempo e voltaram para casa. Ao chegar, Cain ordenou:

- Arrumem as suas coisas, pois ao anoitecer iremos para os Estados Unidos da América!

Foi à cozinha, buscou duas bolsas de sangue, deu para os dois e continuou:

- Como eu já disse, sempre que fizer uso das disciplinas, repor o sangue que usou na ação.

- Quanto tempo nós vamos ficar no Alaska? Quis saber Lúcius.

- Bom, pra ser mais preciso, ficaremos na cidade chamada Sitka, no Alaska, que é um estado Americano. Ficaremos trinta dias. Só que passaremos sessenta e dois dias viajando: trinta e um dias para ir e trinta e um para voltar.

- O que faremos em todo esse tempo de viagem? Perguntou Valquíria.

- Meditação. Quanto menos esforço nós fizermos, menos sangue nós vamos precisar.

Todos arrumaram as malas e estavam prontos para viagem.

Na noite seguinte, foram até o local da partida. Ao chegar, Cain comunicou à tripulação que teriam mais dois passageiros.

- Você já tinha agendado essa viagem? Questionou Valquíria.

- Sim. Nessa época sempre vou para Sitka.

Zarparam rumo a Sitka. Durante a viagem, a maior parte do tempo, eles ficavam fazendo meditação como parte do aprendizado e para poupar energia.

- Eles sabem que somos vampiros? Quis saber Lúcius.

- Não. Disse pra eles que temos um raro problema de pigmentação na pele e não poderíamos ficar expostos ao sol

- Esse barco é seu?

- Não, Valquíria. Eu pago a eles para me levarem a outros países, cidades, lugares que eu queira ir.

Enfim, após trinta e um dias de viagem, chegaram ao seu destino: uma casa grande, numa ilha isolada da cidade, com vários quadros e peças dos antigos reinos por onde passou.

- Descarreguem suas malas!- ordenou Cain- Depois, nós iremos à procura de sangue. Ensinarei a caçar.

Descarregadas as malas, foram à caça. Entraram num campo onde tinha uns cervos. Cain aconselhou:

- Vão com calma! Façam o mínimo de barulho possível, cravem suas presas na jugular e suguem até encher a bolsa. Depois passem a língua no local da mordida. Esse tanto de sangue não fará mal ao animal, apenas o deixará fraco e logo estará normal.

Lúcius e Valquíria percorreram o campo todo. Eles fizeram um bom estoque de sangue, o suficiente para o mês e para o retorno.

- Daqui pra frente, por um longo tempo, além das disciplinas que vocês já viram, eu vou ensinar algumas artes marciais, como o kalaripayattu que aprendi com os indianos; é uma arte bem completa que utiliza tanto as mãos e pés, quanto armas brancas. Há também o kung fu, uma arte chinesa; karatê que é japonesa, capoeira que é uma dança africana, mas eu considero com uma arte marcial e muitas outras que irão ver com o tempo.

Lúcius e Valquíria estavam empolgados com que Cain ia ensiná-los.

O aprendizado se prolongou por noventa e dois anos. Passaram por centenas de países. Aprenderam vários idiomas, culturas. Conheceram muitas pessoas. Aprenderam comercializar quadros e artigos antigos. Dominavam suas disciplinas e as artes marciais que Cain havia ensinado. E a cada ano, retornavam para Sitka, no Alaska, onde se tornou um centro de treinamento.Numa noite, na Ilha da Madeira, em Portugal, Valquíria encontrou um filhote de coruja caído no chão, com o qual ela ficou encantada. No mesmo instante, lembrou-se de sua avó que tinha uma coruja de estimação treinada que atendia aos chamados da avó.

- Cain, Lúcius, podemos levar conosco? Pediu Valquíria.

 Os dois concordaram e Cain explicou:

- A coruja é conhecida como guardiã da noite. É uma ave de rapina. Seu voo é silencioso para que sua presa não identifique; tem uma visão de duzentos e setenta graus, enxerga cem por cento a mais que o homem no escuro. Vive entre vinte e sete a quarenta anos. Há povos que dizem ser a ave do mistério, a ave dos segredos da noite, sabedoria. Há até povos que dizem que a coruja é a alma das mulheres. Então, eu acho legal ter uma coruja como mascote. Poderá se chamar Volgan.

- Nossa! É um ótimo símbolo para nós! Exclamou Valquíria.

- Por que Volgan? Interessou-se Lúcius.

- É a junção do sobrenome de vocês. Explicou Cain.

- Huum... Eu gostei! Valquíria, vamos levar conosco ela, ou ele - sei lá! - para que possa ser nossos olhos onde não estivermos.

Valquíria sorriu.

- Ó... Ficou empolgado!

Lúcius pegou a coruja na mão, com carinho.

- Vamos pra casa, Volgan!

Recolheram a coruja do chão e levaram para casa onde a trataram e deram início ao treinamento.

Numa certa noite, Cain pediu a Lúcius para que levasse as roupas para lavar. Ele colocou-as no carro e levou para uma senhora que, naquela região, era quem lavava as roupas deles. Na volta, quando passava por uma viela, avistou um homem alto, forte, barrigudo, de cabelos e bigode escuros, trajando roupas da alta sociedade, que estava violentando uma jovem moça, de pele levemente escura que trajava roupas de serviçais. Ele parou e desceu do carro. Foi em direção ao homem e ordenou:

- Tire as mãos dela, seu porco!

O homem perguntou com um tom de arrogância.

- Quem é você?

- Sou alguém que você desejará nunca ter visto.

Lúcius foi logo dando um chute alto, acertando o lado esquerdo do rosto. O homem tonteou, caiu, mas logo se levantou e partiu dando um soco pra cima de Lúcius, que se esquivou, emendou uma joelhada na boca do estômago e, em seguida, deu um chute com potência nos testículos.

- Agora você não vai mais usar isso, como eu!

Lúcius finalizou com um chute na boca, quebrando os dentes e deixando o homem desmaiado.

 A moça, chorando, pegou na mão de Lúcius e agradeceu:

- Muito obrigada, senhor!

- Disponha! Tente ficar longe desse tipo de gente.

Em seguida, foi para o carro e retornou pra casa. Chegando, contou tudo o que havia acontecido para Cain e Valquíria.

- Há bastante desse tipo e ainda pior. Comentou Cain.

O adestramento de Volgan já durava um ano e seis meses. Ela obedecia a chamados por assobios e pelo nome. Quando chamada, vinha no ombro ou no braço. Obedecia a comandos de ataque e os seguia a distância, em árvores e telhados.

Certa noite, eles passeavam pela cidade, passaram em frente a um comércio onde estava o homem que Lúcius deu uma surra. O homem reconheceu Lúcius. Reuniu quatro homens para se vingar e foi atrás. Os três andavam tranquilamente quando, de repente, alguém os chama. Era o homem que havia apanhado de Lúcius, com mais quatro.

O homem perguntou, com voz enrolada:

- Lembra-se de mim?

- Claro! Está com voz diferente. Por quê? Questionou Lúcius.

O homem respondeu, irritado:

- Chegou a sua hora!

- Quem é a figura? Perguntou Cain.

- Aquele violentador de mulheres.

- Vou deixar com você e com a Valquíria. Cain decidiu.

Valquíria e Lúcius aceitaram.

- Vou ficar assistindo. Divertiu-se Cain.

Valquíria tirou os sapatos e deu para Cain segurar.

- Quem vai comigo?

Os homens olharam um para o outro e foram dois: um loiro, de média estatura e outro moreno, de cabelos e barbas castanho e físico avantajado. Valquíria chegou perto dos dois:

- São vocês?

De início, Valquíria deu um mortal pra trás, acertando com pé no queixo do moreno, que caiu de costa no chão. Em seguida, um chute rodado no rosto do loiro. O moreno se levantou e foi dando um soco. Valquíria se esquivou e deu um soco no baço e uma joelhada, acertando a boca. O loiro veio pra cima e ela soltou um direto, quebrando o nariz e complementou com um chute nas costelas. O moreno, ainda atordoado, recebeu um soco rodado, acertando o lado esquerdo do rosto. Os dois homens, que estavam caídos ao chão, levantaram-se e fugiram, enquanto Cain observava de braços cruzados.

No mesmo momento, Lúcius lutava com dois homens: um moreno de barba escura, entroncado, e outro moreno de porte físico avantajado. Lúcius foi logo dando um chute alto, acertando o rosto do barbudo. O outro moreno deu um soco, defendido por Lúcius que já emendou um gancho debaixo do queixo. O barbudo deu um soco em Lúcius que se esquivou, acertando o outro homem com golpe no pescoço. Lúcius soltou um direto no queixo do barbudo, que foi a nocaute, e um golpe nas costelas do moreno, que sentiu o golpe e fugiu. Ficou apenas o mandante que sacou uma arma e apontou para Lúcius. Valquíria deu um sinal de ataque para Volgan. Então, a coruja atacou o homem na cabeça. Valquíria aproveitou a chance e pegou a arma da mão do homem. Lúcius acertou um chute, quebrando as costelas. Depois disso, o homem arranjou forças para fugir. Cain disse:

- Deixem-no ir! Gostei do desempenho de vocês!

Continuaram o passeio. Momentos depois, eles ouviram sons de sirene.

Os três fizeram uso da furtividade onde ninguém pudesse encontrá-los.

Já em casa, Cain comentou:

- Tenho um comunicado a fazer. Vou me ausentar por algum tempo.

- Sério? Por quê? Algo que fizemos? Estranhou Valquíria.

- É! Por que mestre? Reforçou Lúcius.

- Não, não se preocupem! Eu quero deixar vocês um tempo sozinhos. Ver como se comportam, como se viram, e também preciso ter um tempo para refletir. Não é pra agora. Vou orientar vocês na parte econômica, aprimorar as vendas de quadros e artigos antigos.

- Quanto tempo pretende se ausentar?

- Não posso dizer. Tempo é que não nos falta, Lúcius!

- Tudo bem, mas não demore muito! Pediu Valquíria.

- Certo! – disse Cain, rindo - De certa forma, vocês não irão ficar sozinhos, observarei a distância. Os olhos da Volgan serão os meus.

Passaram-se três anos, com Cain orientando-o como vender, pra quem, quando, de quem comprar, como e quando comprar. Negociar, fazer uso da lábia, aplicar como e onde.

Enfim, chegou o dia da despedida de Cain.

- Bem, pessoal! Aqui me despeço! Vocês já estão preparados. Ensinei o que tinha pra ensinar. Daqui pra frente será com vocês. Lembrem-se: nunca revelem quem são vocês! Se tiverem alguma cria, será de responsabilidade de quem a criou. Se não conseguirem solucionar o problema, eu aparecerei e darei fim ao problema e a matriz.

- Farei o possível e o impossível para manter a ordem. Disse Valquíria.

- Eu também, mestre! Concordou Lúcius.

- Deixo pra vocês a casa de Sitka, nos Estados Unidos da América, a de São Francisco do Sul, no Brasil, Bruxelas, na Bélgica, Argel, na Argélia, e Kyoto, no Japão. Aproveitem todas! Elas têm carros, quadros, esculturas, escudos, taças e mais algumas peças dos antigos reinos. Gostaria que vocês permanecessem juntos.

- Sim, ficaremos juntos como irmãos. Obrigada Agradeceu Valquíria.

- Pode deixar! Eu vou cuidar dela como se fosse minha irmã e obrigado pelas casas, mestre! Também agradeceu Lúcius, com os olhos cheios de lágrimas.

Cain então partiu numa noite chuvosa, sem hora e dia pra voltar, mas sabendo que poderia ter que voltar a qualquer momento para dar fim em tudo. Devido a isso, não ensinou tudo o que sabia, tendo assim um controle da situação que pudesse surgir.

Aoky

Lúcius e Valquíria vagaram por algum tempo até que foram parar em Kyoto, no Japão. Uma cidade conhecida por ser a terra dos samurais, um lugar onde tem uma boa área aberta que se tornou um bom lugar para Volgan.

Numa tarde, ao cair da noite, num desses lugares com área aberta, acontecia uma batalha entre militares e samurais. Uma batalha desigual, com centenas de militares armados com arma de fogo contra dezenas de samurais a cavalos, com armas brancas. Os samurais, por ter mais agilidade e por sua coragem, estavam deixando a batalha parelha; até um ponto o poder das armas de fogo prevaleceu pela quantia e pela distância. O campo de batalha era preenchido por corpos de militares e samurais. Após a batalha vencida pelos militares, eles começaram a recolher os corpos de seu batalhão.

Naquela noite, Lúcius e Valquíria resolveram passear com Volgan, numa área aberta. Ao chegar a um local, eles se depararam com dezenas de corpos pelo chão. Resolveram, então, procurar sobrevivente quando, num momento, Lúcius ouviu um gemido. Era um jovem de cabelos negros até os ombros, por volta de um metro e setenta centímetros, entre dezoito e vinte anos, que havia sido atingido no peito e na barriga. Lúcius, então, chamou Valquíria. Chegando até o corpo do jovem, juntos eles foram ver o grau do ferimento. Logo perceberam que o ferimento no peito não comprometia a vida do jovem, a armadura amenizou o ferimento, já o da barriga comprometia.

- Acho que ele não vai sobreviver. Analisou Lúcius.

- Eu também. Vamos trazê-lo para o nosso lado?

- Certo, Valquíria, mas vamos fazer isso junto! Concorda?

- Sim, cada um suga um pouco e dá um pouco de seu sangue, assim ele será nossa cria.

- Tudo bem. Concordou Lúcius.

Assim fizeram. Retiraram o capacete da armadura e cada um o mordeu e sugou um pouco de sangue. Cortaram seus pulsos com a espada do jovem e deram para ele beber.

Retiraram a armadura do jovem e Lúcius o tomou nos braços. Valquíria pegou a armadura e a espada e levaram para casa.

Ao chegar a casa, Lúcius pôs o rapaz desacordado na cama. Valquíria colocou a armadura no canto do quarto, foi à cozinha e buscou uma bolsa de sangue. Furou e pôs na boca do rapaz. Esse sangue serviria para regenerar o ferimento.

Feito os cuidados iniciais, os dois sentaram na sala e conversaram a respeito do jovem samurai.

- Como vai ser? Indagou Lúcius.

- Podemos fazer dele nosso pupilo. Vamos ensinar o que Cain nos ensinou. Sugeriu Valquíria.

- Sim- concordou Lúcius- ele deve ser muito disciplinado por ser um samurai e deverá ser bem obediente.

- Sim, sim. Tem razão! Mas pensando bem, não devemos ensinar tudo como eu disse, mas quase tudo. Assim, ele ficará em nossas mãos, caso se revolte contra nós. Alertou Valquíria.

- Ótimo! Concordo cem por cento com você.

- Eu também! Que bom estamos nos dando muito bem! Disse Valquíria.

Passaram-se vinte e sete horas do fim da batalha e o jovem samurai passou todo esse tempo desacordado. Lúcius e Valquíria foram até o quarto verificar e o encontraram sentado na cama, tentando descobrir que lugar era aquele. Ao ver um homem e uma mulher entrando, pôs-se em posição de combate.

Valquíria foi logo dizendo:

- Calma! Somos amigos!

O jovem samurai permaneceu em posição de combate.

- Quem são vocês?

- Eu sou Lúcius e ela é Valquíria. Nós o encontramos ferido gravemente, com grandes possibilidades de não resistir e resolvemos dar-lhe uma nova chance.

O jovem samurai, aos gritos:

- Como assim! Sou um samurai. Vocês deviam ter me matado com minha espada, assim eu teria uma morte digna.

Valquíria, com um tom ríspido.

- Calma! Não sabíamos do código de honra de vocês.

- Agora você é um de nós. Avisou Lúcius, mostrando as presas.

O jovem ficou assustado.

- O que é isso? Quem são vocês?

- Vampiros. Você é um de nós. Como se chama? Perguntou Valquíria.

- Aoky, Sinjy Aoky. O que é um vampiro?

- Sinjy, venha conosco até a sala! Ordenou Valquíria.

- Por favor, só Aoky!

- Certo. Aoky, por favor, venha até a sala! Tornou Valquíria.

Foram até a sala, onde se sentaram e começaram a contar a história do vampiro. Desde o início de Adão e Eva, a história de Cain, as limitações, as disciplinas, as leis impostas por Cain, o que muda no corpo, as regras do sangue, a coleta e o que tem a aprender.

Lúcius pegou a armadura que estava no quarto e mostrou para Aoky.

- Veja só as balas que perfuraram sua armadura e, agora, veja se você tem alguma marca no seu corpo.

Aoky olhou e não tinha nada, só a camiseta perfurada pelas balas.

- É... Não tem! Observou Aoky.

- Viu?! Você está regenerado, por nós termos mordido você e dado uma boa quantia de sangue. Pontuou Lúcius.

- Qual é a sua idade? Quis saber Valquíria.

- Dezoito.

- É bem novo. Quer ser um vampiro ou deseja morrer?

Lúcius, com os olhos arregalados:

- Nossa! Essa até eu fiquei com medo.

Os dois riram.

- Foi só pra dar uma descontraída. Então, o que diz? Brincou Lúcius.

Aoky, ainda com dúvidas, disse:

- Acho que vou seguir com a vida de vampiro.

- Acha?- questionou Lúcius- Quero uma certeza na escolha. Você tem até o anoitecer para dar uma resposta definitiva.

- Pode ficar no quarto que estava e lembre-se: fique longe da luz do sol!

Aoky pensou, pensou o dia inteiro, nem dormiu. Andava de um lado para o outro, pegava a armadura várias vezes e olhava. Olhava para o seu corpo e apalpava, até que decidiu e foi esperar na sala. Ainda era claro, mas ele permaneceu ali até a chegada de Lúcius e Valquíria.

A primeira aparecer foi Valquíria.

- Boa noite, Aoky! Conseguiu dormir?

- Não, mas já tenho a resposta! Disse Aoky, tenso.

- Bom, mas vamos esperar o Lúcius chegar, assim você falará de uma vez só.

Aoky reparou que havia uma katana pendurada na parede e perguntou a Valquíria:

- De quem é essa katana?

- É de Cain.

- Para ele ter uma katana, deve ter conhecido um monge ou um samurai.

- Olha, acredito que sim! Cain conheceu muitas pessoas. Deve ter ganhado de um monge ou de um samurai.

Aoky estava cada vez mais ansioso e Lúcius não aparecia. Quarenta minutos depois de Valquíria chegar, finalmente Lúcius apareceu.

- Boa noite! Então Aoky, já tem uma resposta para nos dar?

- Sim. Em definitivo, vou ser um vampiro! Quero aprender muito com você. Em troca, serei muito obediente e fiel no que me ordenarem.

- Nossa! Fico muito contente por ter escolhido ser um de nós. Aplaudiu Lúcius.

- Eu também fico- complementou Valquíria- Vamos ensiná-lo como Cain nos ensinou e temos certeza que vai ser um ótimo aluno.

- Fale para nós sobre o seu povo, os samurais. Instigou Lúcius.

Aoky começou a discorrer:

- Samurai é um povo que defende os senhores feudais. Samurai significa obediência. O símbolo maior é a espada que recebemos ao nascer, num formato pequeno, sem fio e sem ponta. Somos treinados desde pequenos. Depois de adultos, recebemos uma espada que chamamos de katana, um arco e flechas e uma armadura. Trabalhamos também com agricultura e temos regras de sermos obedientes, fiéis e disciplinados.

- Interessante, a história do seu povo! Aprovou Valquíria.

- Também achei!- concordou Lúcius- Agora vamos à primeira lição...

Prepararam o jovem samurai para ser um vampiro. Compraram roupas, sapatos, tênis. Mostraram como pegar sangue de animais e de humanos sem serem vistos. Ensinaram várias artes marciais, a comercializar objetos antigos, vários idiomas e a dirigir. Impuseram as leis de Cain a serem seguidas e as disciplinas de vampiros, porém só as ensinaram até o terceiro nível. Aoky se mostrou muito dedicado e apresentou ser muito ágil. Ensinaram a lidar com Volgan. Tudo isso durou vinte e nove anos, com um ótimo convívio entre os quatro.

Viajavam entre os continentes e passavam de cinco a seis anos em cada país.

Compraram uma casa em Kazan, na Rússia, e levaram uns quadros, escudos, espadas, cálices, brasões, tudo para ser comercializado naquela cidade.

Numa noite, saíram os três para a venda de um quadro para um homem da máfia russa. Chegaram ao local, Aoky saiu do carro carregando o quadro. Eles se depararam com uma mansão cheia de homens armados. Ao entrar, avistaram um homem de cabelos grisalhos que estava sentado no sofá, seu nome era Ivan Kolachev.

Aproximaram-se e Valquíria foi logo cumprimentando:

- Boa noite, senhor Ivan Kolachev! Eu sou Valquíria e esses são Lúcius e Aoky.

- Boa noite! Sentem-se, por favor! Cumprimentou Ivan.

- Vamos direto ao assunto! Ivan, este é o quadro.

Aoky mostrou o quadro.

- Temos aqui um quadro de um pintor belga. Um quadro bem vibrante, com linhas fortes, uma obra de muito bom gosto! Expôs Valquíria.

- Muito bom, gostei do estilo! Há traços fortes, as cores vibrantes. Concordou Ivan.

- Temos mais quadros. Avisou Valquíria.

- Todos de vocês?

- Sim.

- Como conseguiram? Quis saber Ivan.

- Compramos de uns amigos nossos e outros de conhecidos. Explicou Valquíria.

- Trabalhamos com as vendas de quadros, por isso temos mais que um. Complementou Lúcius.

- Quanto vale esse quadro?

- Duzentos. Esse quadro em dez anos valerá uns trezentos mil. Será uma ótima aquisição. Reforçou Lúcius.

- Esse jovem não fala? Questionou Ivan, olhando para Aoky.

- Falo sim! Estou observando a negociação.

- Certo! Vou ficar com o quadro. Como vão querer o pagamento?

- Em dinheiro, por favor! Pediu Lúcius.

Ivan conversou com um homem, que saiu, mas logo voltou com a maleta onde estava o dinheiro.

- Está aqui o dinheiro do quadro. Vocês não querem tomar nada?

- Não, obrigado! Estamos de saída, temos outro compromisso. Agradeceu Lúcius.

- Entendo!- disse Ivan- Mas quando tiverem um quadro, tragam para eu dar uma olhada. Foi bom fazer negócio com vocês.

- Obrigada! Também gostamos! Disse Valquíria.

Os três se despediram do homem e foram até o carro de onde seguiram para casa. No caminho, Aoky percebeu que havia um carro os seguindo e comentou:

- Estão nos seguindo. É o pessoal do Ivan.

- Querem ver onde nós moramos. Analisou Valquíria.

- Então vamos mostrar- ironizou Lúcius- quem sabe eles queiram fazer uma visitinha mais tarde...

Ao chegar a casa, os três fizeram sinal para o carro que estava os seguindo, mostrando que a casa que procuravam era aquela.

- Pronto! Agora eles sabem onde moramos. Riu Valquíria.

- Será que virão nos visitar? Perguntou Aoky.

- Podem vir! Estaremos esperando. Falou Lúcius.

- Não gostei do jeito daquele Ivan. Certamente ele vai aprontar. Alertou Valquíria.

- É, mas estaremos prontos! Prontificou-se aoky.

Os capangas de Ivan retornaram pra mansão e contaram que foram descobertos, pois foram levados até a casa, propositalmente.

- Eles estão provocando ou são muito ingênuos! - vociferou Ivan

- Vou mandar quatro de vocês até lá. Estejam eles em casa ou não, quero que peguem o que tiver de mais valioso. Quanto aos três, deem uma surra. Se precisar, podem matá-los!

No outro dia, às vinte horas, quando Aoky estava na sala polindo sua katana, escutou um barulho de carro parando e viu que tinham visita.

Ouviram batidos na porta. Valquíria prontificou-se:

- Deixa que eu atendo!

Valquíria abriu a porta e um homem logo colocou uma arma na cabeça dela. Nesse momento, Aoky atirou sua katana em direção ao homem que teve o braço decepado. O homem ficou aos berros, enquanto Valquíria fechava a porta. Um dos homens abriu a porta com um chute e encontrou a sala toda escura. Os três homens entraram e o homem ferido ficou fora da casa. Entraram na escuridão, com as armas em punho, procurando alguma movimentação, quando um disse:

- Apareçam!

Naquele instante, ouviu-se um dos homens murmurando:

- Perdi minha arma...

Antes terminar de falar, os outros dois já tinham perdido as suas também. Acendeu-se a luz e apareceram Lúcius, Valquíria e Aoky com as armas. Lúcius interroga os homens:

- E agora, o que vão fazer?

Aoky provoca:

- Vocês não são nada sem as armas!

Colocaram as armas num vaso, no canto da sala e Valquíria encoraja.

- Agora vamos ver. Quem vai comigo?

Cada um pegou um. Valquíria deu um chute seguido de um soco e o homem já ficou tonto. Ela aplicou um mata leão. Aoky deu um chute rodado que pegou em cheio e o seu oponente foi a nocaute. Lúcius foi logo dando uma série de socos, quebrando nariz e os dentes e finalizou com um chute na nuca, deixando o homem desmaiado.

Quando os homens retomaram a consciências, Valquíria falou:

- Isso foi um aviso para Ivan. Olha que pegamos leve e, se ele quiser mais, vai ser mais pesado.

Aoky complementou:

- Digam para ele, se quiser mais, que venha pessoalmente, aquele covarde! Um homem batalha em suas batalhas.

Os capangas de Ivan se levantaram e foram em direção ao carro. Lúcius olhou para o chão e viu o braço caído.

- Ó! Um braço!- e levou até o carro.- Já iam esquecendo!

Eles pegaram o braço. Lúcius, com um sorriso no canto da boca, ironiza:

- Sem ele, não vai conseguir escrever e nem dar tchau.

Aoky pegou sua katana que estava caída próxima à porta e comentou:

- É... Ela fez um estrago no moço.

Os capangas voltaram à mansão e, debilitados, deram o recado a Ivan.

Ivan esbravejou, indignado:

- Como é que pode quatro homens levar uma surra de um homem, um garoto e uma mulher? Amanhã darei um jeito nisso.

Aoky, Lúcius e Valquíria limparam a bagunça que havia ficado após a surra nos capangas de Ivan e foram dar uma volta com Volgan. Aoky havia se apegado muito a Volgan. Era só ele assobiar e deixar o braço esticado, que ela vinha ao seu encontro. Ela já estava chegando aos trinta e seis anos. Bem alimentada, não tinha uma vida sedentária como era normal das corujas, sempre saía com um dos três.

No outro dia, Ivan mandou oito homens à caça dos vendedores de quadros. Dessa vez, era pra matá-los. Naquela madrugada, foram à casa dos três. Esperavam pegá-los de surpresa. Chegando, viram que as luzes estavam acesas. Então resolveram entrar assim mesmo, já que estavam em maioria. Ao entrar, foram recebidos com inúmeros golpes dado por Aoky, Lúcius e Valquíria. Golpes que causaram várias fraturas em pernas, braços, costelas, clavículas, narizes, dentes e cabeças.

Recolheram as armas caídas pelo chão e Valquíria anunciou:

- Aviso que é melhor para vocês não voltarem para mansão, porque nós iremos para lá!

Levantaram-se como puderam, um se apoiando no outro, dois carregando um e sumiram de lá para nunca mais voltar.

Em seguida, os três foram atrás de Ivan. Deixaram o carro a uma quadra antes da mansão e seguiram a pé. Ao chegarem, renderam dois homens que haviam sobrado e entraram na mansão. Ivan estava no quarto. Procuraram até encontrá-lo.

- Vocês aqui?! Gritou Ivan, apavorado.

Lúcius então ordenou:

- É com você, Aoky!

Aoky se aproximou de Ivan, que tentou dar um soco, mas Aoky o segurou, torceu o braço, pegou-o pelo pescoço, e disse:

- Seu covarde! Por que você corre de suas batalhas?

- Quanto você tem de dinheiro aqui? Interrogou Lúcius.

Ivan respondeu, com a voz tremendo, que havia dez mil. Lúcius encarou Valquíria.

- Está bom?

Valquíria respondeu que sim.

- Peça para alguém pegá-lo! Mandou Lúcius.

Ivan pediu para um homem pegar. Demorou um tempo e o homem veio com cinco maletas.

Valquíria disse para o homem que trouxe as maletas:

- Fique com uma! Divida as outras com o pessoal e nunca mais trabalhe para esse covarde!

Após o homem sair, Lúcius falou para Aoky dar um fim naquilo.

Aoky fez suas presas crescerem, cravejou no pescoço de Ivan e sugou todo o sangue que o levou à morte. Em seguida, retirou o vestígio da mordida. Valquíria apressou-os:

- Vamos! Logo alguém irá sentir a falta do Ivan.

Saíram com maletas, entraram no carro e no caminho de volta Aoky comentou:

- Devemos ir para outro lugar, pois amanhã estarão procurando o autor da morte de Ivan.

Valquíria concordou.

- Tudo bem!- também concordou Lúcius- Amanhã partiremos! Vamos deixar tudo pronto. À noite, entrarei em contato com o pessoal do barco. Para onde vamos?

- Aoky, há alguma sugestão? Perguntou Valquíria.

- Que tal Argel?

Lúcius e Valquíria aprovaram a sugestão de Aoky.

Ao chegar a casa, arrumaram tudo para a viagem: roupas, quadros, cálices, tudo que podiam comercializar e suas reservas de sangue.

Lúcius entrou em contato com o pessoal do barco e estava tudo pronto para viagem, rumo à África.

A fundação

Uma viagem tranquila até Argel, capital da Argélia, um lugar onde Volgan teria muito espaço. Ela estava ficando velha e sua visão não era mais a mesma, nem a agilidade; seu fim estava próximo. Lúcius, Valquíria e Aoky estavam ficando preocupados. Discutiam sobre o que poderiam fazer para que seu tempo de vida durasse mais.

Volgan estava sendo bem cuidada por todos. Havia se passado dois anos e ela continuava enfraquecendo. Voava só o necessário, ficava em árvores e, quando iam passear, pousava no ombro de um deles.

Numa noite, conversavam sobre o que iam fazer no futuro e Aoky deu uma sugestão:

- Podemos criar uma sociedade vampírica com novos membros.

- Gostei da ideia! Cada um fica responsável por duas crias. Disse Lúcius.

- Eu gostaria de não ter crias, mas me disponibilizo em policiar esses novos integrantes. Pode ser? Pontuou Aoky

- Concordo! Assim ficarão quatro. Dois pra cada e podemos dividir as disciplinas entre eles. Sugeriu Valquíria.

- Sim, sim, mas são cinco disciplinas para quatro. Como fazer? Questionou Lucius.

Valquíria explicou:

- Dividimos uma para cada e a furtividade, passaremos para todos.

- Certo!- aprovou Lúcius- Também podemos limitar a quantia de cria, no máximo duas para cada um.

- Poderá ser uma sociedade oculta com o nome de Volgan, o que acham? Sugeriu Aoky.

Valquíria, com um largo sorriso estampado no rosto, aplaudiu:

- Muito bom, adorei!

- Aoky, essa foi muito boa! Também aplaudiu Lúcius.

- A sede para reuniões e treinamentos poderá ser em Sitka. Continuou Aoky.

- Nossa! Você está inspirado hoje. Valquíria elogiou e Lúcius complementou:

- É mesmo! Só dando ideias boas.

Passaram a noite toda conversando sobre a sociedade e sobre alguns detalhes. A divisão das disciplinas ficou assim: Lúcius com potência e fortitude. Valquíria com rapidez e metamorfose. E cada cria terá que ser de um país diferente do outro.

Passou uma semana entre conversas sobre a sociedade e sobre a saúde de Volgan. Certa noite, Lúcius levou a roupa para lavar, Aoky foi atrás de sangue animal e Valquíria saiu para dar uma volta, com Volgan. Quando passava por uma mansão, ela avistou uma escrava, com um corpo bonito, mas com a roupa toda rasgada, chorando, num cantinho escuro. Valquíria se aproximou e perguntou:

- Moça, o que aconteceu com você?

A escrava enxugou o rosto e com a voz embargada, falou:

- O filho do meu senhor me forçou a transar com ele.

- Que absurdo! Como se chama?

- Mali. Apresentou-se a escrava.

- Mali, qual é a sua idade?

- Não sei ao certo, mas acho que tenho vinte e um.

Valquíria apresentou Volgan a Mali que exclamou:

- Que linda!

- Você quer fugir? Tenho dois amigos que moram comigo e eles são bem bacanas.

- Até quero, mas é muito arriscado! Respondeu Mali.

Valquíria, séria, propôs:

- Você aceitaria dar o seu sangue em troca da "liberdade".

Mali, pensando que dar o sangue era metafórico, respondeu que aceitava.

- Ó! É dar o sangue de verdade! - Alertou Valquíria.

- Sim, aceito! - Mali decidiu.

- Então, já que você acha arriscado fugir, amanhã venho aqui comprar você. Certo?

Mali, contente com a proposta, concordou. Empolgada, voltou para dentro sabendo que seria a última noite que passaria naquela casa.

Ao chegar a casa, após o passeio com Volgan, Valquíria chamou Lúcius e Aoky. Os dois sentaram na sala e ela falou:

- Conheci uma jovem escrava, cujo nome é Mali. Eu a encontrei com as roupas toda rasgada e chorando, num canto escuro de uma mansão. Ela me contou que tinha sido violentada sexualmente pelo filho do senhor dela.

Lúcius revoltou-se:

- Se há algo que me deixa revoltado, é uma mulher ser violentada!

Aoky apoiou:

- É terrível!

- Eu disse a ela que voltaria para fazer a compra dela, se ela me desse o seu sangue.

- E ela pensou que era no sentido figurado? Adivinhou Aoky.

- Sim, mas após comprá-la, vou mostrar a ela como será de verdade. Isso se vocês concordarem.

Aoky concordou e Lúcius disse:

- Sim, é claro! Tem todo o meu apoio. Vamos começar essa sociedade da Volgan.

Na noite seguinte, pegaram uma boa quantia de dinheiro e foram até a mansão onde estava Mali. Ao chegar à mansão, quem os recepcionou foi Mali. Com um sorriso largo no rosto e com os olhos brilhando, foi logo dizendo:

- Olá! Entrem!

- Olá!- Cumprimentou Valquíria- Mali, esses são meus amigos Lúcius e Aoky. Pessoal, essa é Mali! Quem é o seu senhor?

- Olá, Lúcius! Olá, Aoky! Sentem-se! Vou chamar o Jean, meu senhor.

Ela saiu e, minutos depois, apareceu um homem com aparência de meia idade, moreno de pele clara, barba cheia, que os cumprimentou:

- Boa noite! Quem são vocês e no que posso ajudá-los?

- Boa noite! Eu sou Valquíria e esses são meus amigos, Lúcius e Aoky. Estamos interessados em comprar uma de suas escravas, a Mali. Quanto você quer por ela?

- Estou vendo que sabe o que quer e foi logo no assunto, mas não estou pensando em vendê-la. Por que todo esse interesse na Mali? Quis saber Jean.

- Porque eu a vi ontem à noite e gostei dela. Explicou Valquíria.

- Oferecemos cinco mil. Então, interessa? Ofertou Lúcius, rapidamente.

- É um bom valor, mas não o suficiente. Negou Jean.

- Sete mil é nossa última proposta. Reforçou Lúcius.

- Com sete mil, você pode comprar quatro escravos e sobra. Calculou Aoky.

- Acho que não, eu gosto da Mali!

- Então, está bom! Vamos para casa!

Os três se levantaram e foram em direção à porta, porém Jean se arrependeu e disse:

- Esperem! Eu aceito os sete mil.

- Fez um bom negócio!- falou Valquíria.

- Nós a levamos hoje e amanhã passamos para pegar os documentos.

- Deixo a metade e pago o restante quando pegar os documentos. Tudo bem?

Jean concordou e chamou Mali, comunicando:

- Esses são seus novos senhores. Arrume suas coisas...

Valquíria interrompeu:

- Não precisa! Pode vir assim mesmo! Daremos novas roupas a você.

- Nossa! Tudo bem!- surpreendeu-se Jean.

- Mali, vá com eles!

Mali, contente, foi para casa junto com seus novos senhores. Chegando a casa, sentaram-se na sala e Valquíria perguntou:

- Está preparada para me dar o seu sangue?

Mali riu e concordou.

- Vou morder o seu pescoço e sugar o seu sangue e, no fim, darei do meu sangue para você beber. Ficou alguma dúvida?

Mali olhou assustada:

- É sério?

- Sim! Respondeu Valquíria.

- Está bem!- aceitou Mali.- Faço qualquer coisa para ficar longe daquela família.

Valquíria fez todos os procedimentos com Mali que reagiu bem, mas ainda um pouco fraca, Mali perguntou a Valquíria:

- E agora?

- Agora, fique aí com Aoky, que eu vou com Lúcius comprar algumas roupas para você. Aoky, passe algumas instruções a ela, por favor!

Enquanto Valquíria havia ido com Lúcius a uma costureira comprar algumas roupas, Aoky conversava com Mali como será a sua "vida", dos cuidados que terá tomar, as regras que obedecerá, o que irá aprender e do que se alimentará. Mostrou a casa para ela e apresentou a Volgan.

Mali, ainda um pouco assustada com um novo mundo qual fará parte, falou:

- Já conheço a Volgan. Ela estava com a senhora Valquíria quando nos conhecemos.

- Pelo que conheço a Valquíria, ela não irá gostar de ser chamada de senhora. Brincou Aoky.

- Ah, e como que vamos chamá-la? Preocupou-se Mali.

- Não sei! Isso você deve perguntar a ela.

Lúcius e Valquíria retornaram das compras com algumas roupas e sapatos para Mali. Entre as compras, havia vestidos, pijamas, roupas íntimas, roupas para prática esportiva, sapatos, tênis e chinelo para andar dentro de casa.

- Mali, isso é para você. Tome um banho, experimente as roupas e mostre para nós!

Mali, muito feliz e com os olhos cheios de lágrimas, agradeceu:

- Muito obrigada a todos! Estou sem palavras.

- Mali, agora você não é mais uma escrava, você é uma de nós. Têm direitos e deveres tanto quanto qualquer um de nós. Explicou Lúcius.

- E quando precisar de ajuda, não deixe de nos procurar. Solidarizou-se Aoky.

Mali abraçou todos e disse:

- Vocês também! Estarei às ordens para qualquer coisa que precisarem.

Mali foi para o banho e os que ficaram na sala conversavam com Valquíria sobre como seria o treinamento que ela daria a Mali.

- Ei! Vocês esqueceram a disciplina presença. Alertou Aoky.

- É mesmo! Exclamou Lúcius,

Valquíria sugeriu:

- Vamos fazer assim, não ensinaremos ninguém. Podemos deixar essa só para nós.

- Muito bom, concordo! Disse Lucius.

- Bem pensado!- reforçou Aoky- Eu também concordo.

- Com a Mali, vou passar a metamorfose, furtividade e algumas artes marciais.

Ao terminar o banho, Mali mostrou as roupas ao pessoal, que aprovou e elogiou. Muito feliz, ela sentou na sala com eles, que conversaram de como ela terá que agir, as regras que deverá cumprir e tudo sobre o vampirismo.

- Amanhã, ao anoitecer, iniciaremos o treinamento. Combinou Valquíria.

E continuaram conversando noite à dentro.

Na noite seguinte, Aoky buscou os documentos referentes a Mali. Encaminhou para um senhor, pedindo a liberdade de Mali. Ele solicitou urgência no processo, deixando sobre a mesa um adiantamento, em forma de propina e disse que queria para o dia seguinte. Aoky voltou na noite seguinte e os documentos estavam todos certos. Agora Mali era uma pessoa livre.

Aoky retornou para casa e encontrou Valquíria ensinando Mali a pôr suas presas para fora. Ele anunciou que Mali você já era uma cidadã, uma pessoa livre.

Mali chorou de emoção:

- Muito obrigada! Não sei como agradecer.

- Sendo fiel a nós. Alertou Valquíria.

- Sim, é claro! Serei fiel por toda a minha vida, ou seja, eternamente fiel.

Passaram dois anos, com Valquíria ensinando meditação, artes marciais, metamorfose, furtividade, a escrever, a ler, andar de salto, a pegar sangue de animais e a lidar com Volgan.

Numa noite, Lúcius chamou Volgan para dar uma volta, mas ela não veio. Ele foi ver o que havia acontecido, verificou atrás do terreno e, encontrou-a caída perto de uma árvore. Lúcius a pegou nas mãos e viu que ela havia morrido. Ele abraçou, começou a chorar e, em seguida, gritou:

- VALQUÍRIA, AOKY, MALI!

Eles se apressaram para ver o que havia ocorrido e se depararam com Lúcius agarrado com Volgan. Valquíria começou a chorar, Aoky ficou com a garganta presa e Mali, vendo a situação e com a voz embargada, perguntou o que tinha acontecido.

Lúcius, com a voz embargada também, disse que Volgan estava morta!

Todos, muito comovidos, sepultaram Volgan no terreno e improvisaram a lápide com pedras. Naquela noite, decidiram permanecer na casa em sinal de luto, por sete dias.

Passado os sete dias, Lúcius se manifestou:

- Pessoal, pensei bastante e vou para o Brasil! Querem vir comigo?

- Sim! Prometemos a Cain que nunca nos separaríamos. Lembrou Valquíria.

- Sim. Eu também vou! Decidiu Aoky.

- Eu também não quero ficar longe de vocês! Pronunciou-se Mali.

- Mas posso saber para onde nós vamos?

- São Francisco do Sul, no sul do Brasil. Explicou Lúcius.

- É lindo lá! Você irá gostar! Lá vamos praticar o português.

Um novo integrante

Chegando A São Francisco do Sul, eles se depararam com uma cidade calma, agradável e muito bonita. Uma cidade que é banhada por mar aberto. Acomodaram-se e, dois dias depois, Valquíria e Mali voltaram às atividades. Lúcius e Aoky foram dar uma volta pela noite, na cidade. Quando passavam por um barzinho que estava com um bom movimento, resolveram entrar. Sentaram-se numa mesa que estava vazia, pediram uma cerveja e dois copos. Lúcius falou:

- O que você acha de desafiarmos alguém para uma queda de braço?

- Legal! Vamos lá! Aoky riu.

- Vamos combinar! Eu perco a primeira aposta e dobro. Perco a segunda. Aí, você entra triplicando a aposta e vence. Entendido?

Aoky, com um sorriso:

- Entendido!

Lúcius se levantou e com um leve sotaque falou:

- Eu desafio a qualquer um daqui para uma queda de braço. Então, quem vai ser?

Levantou um homem forte, careca, moreno, um típico estivador e aceitou:

- Eu topo!

Levantou-se outro homem que estava junto à mesa; um homem de pele clara, cabelos escuros, com um bigode e bradou:

- E eu banco a aposta!

Prepararam a mesa e sentaram-se os dois. Com o público em volta, iniciaram a disputa. Começou equilibrada e, aos poucos, o estivador foi ganhando vantagem. Por fim, o homem venceu. Comemorou, batendo na mesa e dizendo:

- Satisfeito ou vai querer mais?

- Vou querer mais! O dobro ou nada? Desafiou Lúcius.

O homem de bigode bradou novamente:

- Já que é assim, é o dobro!

- Vamos lá, preparado? Perguntou o estivador.

Lúcius respondeu afirmativamente.

Iniciaram a segunda disputa novamente com equilíbrio, porém, dessa vez, o estivador demorou menos tempo para vencer e comemorou de novo, batendo na mesa e desafiando:

- Quer mais?

Aoky se manifestou:

- Agora vai ser comigo, valendo o triplo. Aguenta mais uma?

O estivador, empolgado, respondeu que sim!

Então Lúcius deu lugar a Aoky, que se posicionou, deu início à disputa e, em menos de um segundo, Aoky deitou o braço do estivador.

O homem de bigode protestou:

- Não valeu! Ele já estava com o braço cansado.

- Tudo bem!- concordou Aoky- Então, quem vai ser o próximo?

- Eu vou de novo, já estou recuperado! Manifestou-se o estivador.

O homem de bigode questionou:

- Tem certeza?

- Sim, pode confiar!

- Vamos, estou esperando! Provocou Aoky.

Voltaram à mesa e deram inicio a queda de braço. E, mais rápido que a disputa anterior, Aoky derrubou o braço do estivador.

- Agora valeu? Debochou Aoky.

O homem de bigode, decepcionado:

- Tá! Toma aqui o seu dinheiro!

Aoky e Lúcius recolheram o dinheiro e saíram do bar gargalhando.

Lúcius contou que já havia acontecido algo semelhante com Cain e foi Valquíria quem ganhou a queda de braço.

- Aoky você foi muito bem! Elogiou Lúcius.

- Não agi sozinho! Contei com apoio do meu mestre.

Lúcius parou, com os olhos empossados de lágrimas.

- Chamou-me de mestre?!

- Sim. Você e Valquíria me ensinaram quase tudo que eu sei. Algum problema em chamá-lo assim? Desculpas em...

Lúcius interrompeu.

- Não, não... Gostei muito! Só não esperava, um dia, que alguém se referisse a mim como o seu mestre.

Aoky sorriu e abraçou Lúcius, chamando-o novamente de mestre.

- Essa foi a melhor coisa que me aconteceu, após a morte de Volgan. Obrigado!

Chegando a casa, Lúcius contou a Valquíria o que aconteceu no bar e que Aoky o havia chamado de mestre.

Valquíria sorriu.

- Nossa, que legal! Sempre soube que ele nos respeitava, mas não ao ponto de se referir a nós como mestres. Fico muito lisonjeada.

Passaram uma semana com Valquíria treinando Mali e ensinando-a a ler e escrever. Aoky dando suporte a Valquíria e indo às caminhadas noturnas com Lúcius, que também ia atrás de reserva de sangue e dava apoio à Valquíria em relação a Mali.

Numa noite de lua cheia, todos foram dar uma passeada à beira- mar. Durante a caminhada, encontraram um homem muito aborrecido, que espancava um barco e o xingava de tudo quanto era nome. Ele era magro, de pele bronzeada, cabelos negros com uns fios brancos. A aparência era de uma pessoa de quarenta anos e com, mais ou menos, um metro e setenta. Aproximaram e Lúcius perguntou:

- Senhor, podemos ajudar?

- Não moço, ninguém pode! O mar não está pra peixe, não está dando pra viver da pesca.

- O senhor tem família? Interessou-se Valquíria.

- Sim, mas não vivem comigo. Os filhos estão crescidos. Um mora em Joinville e a outra em Blumenau. Sou separado.

- Que idade o Senhor tem? Quis saber Mali.

- Quarenta e seis. Antes que perguntem, meu nome é José, mas muitos me chamam de Zé.

- Está bem! Boa noite, José. Cumprimentou Lúcius.

- Precisando de peixe me procurem! Respondeu José.

- Certo! Retornou Valquíria.

Continuaram, e durante o trajeto Aoky comentou:

- Mestre, Lúcius, eu acho que o José daria um bom vampiro.

Lúcius sorriu.

- Não me acostumei ainda a ser chamado de mestre.

Todos riram.

- Olha! Eu também gostei dele, mas vou continuar observando e não descarto a possibilidade.

Ao fim da caminhada, voltaram para casa. Dias se passaram, e Lúcius ficou pensando na ideia de José ser uma de suas crias.

Enquanto Valquíria e Aoky ensinavam Mali a ler e escrever, Lúcius foi dar uma volta para ver se encontrava José. Algumas horas depois, Lúcius retornou para casa, acompanhado de José.

- Olá, pessoal! Olha quem eu trouxe comigo! Um novo integrante da Volgan.

- Seja bem vindo, José! Recepcionou Aoky.

- Bem vindo, José! Lúcius, ele já sabe sobre nós? Indagou Valquíria.

- Contei um pouco sobre nós antes de mordê-lo e depois entrei em detalhes. Ele concordou em ser um vampiro.

Mali abraçou José e disse:

- Bem vindo! Você está em ótimas mãos. Eles são maravilhosos.

José, ainda tímido, agradeceu a todos.

Com mais um integrante, a rotina de adaptação e treinamento ficou mais intensa. Uma vez por ano iam a Sitka, no Alaska, onde era possível intensificar os treinamentos. Após o término do período em que a cidade ficava ausente do sol, voltavam para São Francisco do Sul. Isso se prolongou por cinco anos, com Valquíria passando os ensinamentos para Mali e Lúcius para José, com Aoky dando assistência para ambos.

Lúcius escolheu ensinar a disciplina da fortitude para José, que estava dominando muito bem. José era um homem muito dedicado às atividades e absorvia bem tudo que passavam.

Certa noite, Eles decidiram partir para Bruxelas, na Bélgica. Passados trinta dias de viagem tranquila, dentro de um navio, praticando apenas meditação, chegaram, em fim, ao destino.

O fim de uma geração

Chegando a Bruxelas, acomodaram-se na casa. José saiu com Aoky para providenciar o sangue dos animais que serviria para alimentar e repor as energias.

Mali ficou com Valquíria, aprendendo a ler e escrever em inglês. Já Lúcius, foi caminhar pela cidade. Enquanto caminhava, deparou-se com um rapaz jovem, ruivo, bem vestido, que estava esbravejando, com um casaco nas mãos.

Lúcius se aproximou do rapaz e perguntou:

- O que aconteceu pra deixá-lo tão aborrecido? Será que eu posso ajudar?

O rapaz, ainda aborrecido, falou com um tom de raiva:

- Não! Não há nada o que fazer.

- O que aconteceu? Quem sabe eu posso ajudá-lo. Insistiu Lúcius.

O rapaz, com um tom irônico, perguntou:

- Quem você acha que é? Cai fora! E saiu, chutando tudo o que havia pela frente.

Lúcius continuou a caminhada. Algumas ruas depois, num beco escuro, reencontrou o rapaz sentado no chão e retornou a perguntar:

- Garoto, o que pretende fazer?

- Matar-me.

- Olha, nisso eu posso ajudá-lo! Disse Lúcius.

O rapaz falou, chorando:

- Meu pai me expulsou de casa. Agora não tenho para onde ir.

- Qual é o seu nome?

- Alan.

- Alan, eu sou Lúcius. Qual foi o motivo dele tê-lo expulsado?

- Ele me pegou transando com a mulher dele.

- Sua madrasta? Surpreendeu-se, Lúcius.

- Sim.

- E o que aconteceu com ela?

- Nada. Ela continua lá, aquela vadia!

- Nossa! Sobrou para você mesmo! Alan, eu posso levá-lo para morar comigo, mas para isso acontecer, você terá que aceitar uma proposta minha.

- Já vou dizendo: eu não sou gay! Qual é a proposta?

Lúcius riu.

- Eu sei! Eu também não sou gay. Voltando à proposta, você terá que me dar o seu sangue.

Alan, pensando que era de um jeito figurado, aceitou.

Então, Lúcius se aproximou e cravejou suas presas na jugular do garoto que reagiu gritando:

- O QUE ESTÁ FAZENDO?

Em seguida, Alan desmaiou e, nesse tempo, Lúcius tratou de fazer todo o procedimento para tornar-se Alan um vampiro.

Quando Alan acordou, estava ainda desnorteado. Eles foram rumo à casa de Lúcius. No caminho, ele viu que na sua camisa havia uma mancha de sangue. Então perguntou:

- O que aconteceu comigo? Sinto-me estranho.

- Peguei o seu sangue. Explicou Lúcius.

- Não sabia que tinha que ser desse jeito. Falou Alan.

Aoky já havia retornado com José, que estava aprendendo a falar, a ler e escrever em francês, com Valquíria e Mali.

Lúcius chegou acompanhado do jovem e apresentou a todos:

- Pessoal! Este é o nosso novo membro. O nome dele é Alan. Alan, esse é o pessoal!

Todos se apresentaram e cumprimentaram Alan.

Alan, não entendendo o que estava acontecendo, perguntou a Lúcius:

- Quem são eles?

- Eles fazem parte da Volgan, a qual agora você também faz parte...

Alan interrompeu Lúcius, questionando o que era Volgan.

Lúcius, então, reuniu todos na sala e começou a explicar sobre o que era vampiro e que, agora, ele também era um. Falou da Volgan e sobre a sociedade, as regras e como seria a partir daquele momento. E, por fim, mostrou suas presas e para o que elas serviam.

Alan ficou assustado com que ouviu e viu.

- Compreendo que você fique assustado e deixo essa noite para você pensar se vai querer fazer parte do nosso grupo ou não. Caso a resposta seja negativa, terei que matá-lo. Entendido?

Alan balançou a cabeça, afirmando.

- Fique longe das janelas! Avisou Valquíria, séria.

Aoky mostrou o quarto onde ele ficaria.

Alan passou a noite e o dia em claro. Na noite seguinte, quando todos estavam acordados, Lúcius perguntou a Alan:

- Então, qual a sua resposta?

Alan, convicto da sua resposta, falou:

- Não, não aceito! Prefiro a morte a me tornar um monstro.

- Está certo disso? Tornou Lúcius.

- Sim!

Lúcius chamou Aoky e José, pegou uma katana e disse a eles:

- Vamos comigo! Preciso dar um fim nesse erro.

Valquíria aprovou.

- Faça o que tem que fazer! Lúcius, meu irmão, eu estou contigo!

- Obrigado!

Foram os quatro para o carro.

Mali, timidamente, perguntou a Valquíria:

- Ele vai morrer mesmo?

- Sim, foi o que ele escolheu.

Chegando num matagal bastante arborizado, desceram do carro e entraram no matagal.

- Vai ser aqui? Indagou José.

- Sim, aqui está bom! Decidiu Lúcius.

- Se quiser que eu faça, eu faço! Ofereceu-se José.

- Digo o mesmo. Disponibilizou-se Aoky.

- Não! É responsabilidade minha. Sou eu que tenho que fazer.

- Tudo bem! Disse Aoky.

Lúcius ordenou:

- Alan, vire de costas para nós e dê três passos para frente!

Num só golpe com a espada, ele decepou a cabeça do rapaz.

José, impressionado com a cena, quis saber:

- E agora?

- Agora é só deixar o sol nascer que o corpo desaparece. Explicou Aoky.

- José, essa é uma das maneiras de matar um vampiro. As outras são deixar exposto ao sol, cravar uma estaca ou um punhal no coração, balear várias vezes a cabeça e, o mais complicado, retirar todo o sangue do corpo. A vítima deve estar inconsciente, caso contrário, ela pode entrar em estado de frenesi.

- O que é frenesi? Perguntou José a Lúcius.

- Frenesi é loucura agressiva. A pessoa tira forças desproporcionais e incontroláveis.

- Vocês já tiveram que passar por alguma dessas situações? José perguntou.

Aoky respondeu que não. Já Lucius disse:

- Fora essa, não! Isso tudo que eu acabei de dizer foi meu mestre, Cain, quem falou.

Aoky e José responderam simultaneamente:

- Entendido, mestre!

Lúcius, com um sorriso meio tímido, repetiu:

- Não me acostumei com isso! Agora são dois.

- O senhor não gosta que...

Aoky interrompe José:

- Ele gosta! Só não se acostumou ainda.

José riu e Lúcius agradeceu.

Retornaram para casa e, logo ao chegar, Valquíria recepcionou Lúcius com um abraço e perguntou:

- Então, como foi?

Lúcius, um pouco travado:

- Difícil, mas fiz o que tinha que fazer!

Após a morte de Alan, passaram-se quatro anos na mesma rotina. Mali aperfeiçoando os ensinamentos com Valquíria, José com Lúcius e Aoky prestando assistência aos dois.

Nos fins de semanas, eles visitavam casas noturnas para manter contato com a civilização e conhecer pessoas que tinham interesse nos artigos que comercializam.

Numa madrugada, quando voltavam para casa, viram uma motocicleta e dois rapazes colidirem num poste. Quando se aproximaram do local do acidente, perceberam que um rapaz estava tendo convulsões e o outro estava desmaiado, com uma fratura no crânio.

Valquíria perguntou para Lúcius:

- Então, o que você me diz?

Lúcius olhou para os dois corpos cobertos de sangue e disse:

- Eles não devem sobreviver, mas estou inseguro.

- Vamos lá! Eles estão à beira da morte. Comandou Aoky.

- Certo! Lúcius, vamos colocá-los no carro!- decidiu Valquíria.- Aoky, José e Mali, vocês esperam aqui!

- Podem ir! Nós vamos ficar bem. Tranquilizou Mali.

- Podemos ir caminhando. Sugeriu José.

- Isso! Vamos caminhando, pois logo isso aqui vai estar cheio de gente curiosa. Reforçou Aoky.

- Certo! Aoky e José peguem um dos corpos! Valquíria e eu pegaremos o outro, enquanto Mali abre o carro e puxa o banco para frente!

Assim fizeram. Valquíria e Lúcius foram para casa com os corpos dos rapazes e Aoky vinha caminhando com José e Mali.

- Se eles morrerem antes, como fica? Indagou Mali.

- Aí não tem jeito. Respondeu Aoki.

- E os ferimentos vão ficar marcados? Questionou. José a Aoky.

- Não. Lúcius e Valquíria irão dar sangue para eles beberem e os corpos deles devem regenerar

Meia hora depois, Lúcius voltou para pegar seus amigos e os encontrou no caminho. José foi o primeiro:

- Então, mestre, como foi?

- Tudo certo! Correu tudo bem! Só falta eles acordarem. Temos que providenciar novas camas.

- Eu posso dormir com a minha mestra. Ofereceu-se Mali.

Todos riram e Aoky comentou:

- A moda está pegando. Acho que é assim que se fala. E ela também é minha mestra!

Chegaram a casa. Lúcius perguntou a Valquíria:

- Alguma reação dos rapazes?

- Nenhuma! Estão do mesmo jeito. Pessoal, temos que remanejar os quartos! Os quartos de Mali e José estão ocupados pelos rapazes...

Mali interrompeu Valquíria:

- Mestra, eu posso dormir no seu quarto?

Valquíria sorriu.

- Sim, eu iria sugerir que você ficasse no quarto comigo. Então, está certo, Mali fica comigo!

- Podemos colocá-los juntos, no mesmo quarto, e levar uma das camas para o meu quarto e José dorme lá comigo. Tudo bem pra você José? Perguntou Lúcius.

- Sem problema, mestre!

- E ao escurecer providenciaremos mais duas camas.

Valquíria concordou.

Ao escurecer, Aoky, José e Mali foram atrás das camas, enquanto Lúcius e Valquíria ficaram na casa, caso os rapazes acordassem. Duas horas depois, os três retornaram para casa com a notícia que haviam comprado camas e que entregariam no dia seguinte.

Uma hora e meia após, os rapazes acordaram e, sem saber onde estavam, saíram do quarto e encontraram Valquíria, Lúcius e José sentados na sala. Um dos rapazes perguntou:

- Quem são vocês e onde estamos?

Valquíria respondeu, apresentando:

- Eu sou Valquíria! Esses são Lúcius e José! Vocês estão em nossa casa. Encontramos vocês caídos, quase sem vida, após um acidente com a motocicleta e resolvemos trazer vocês para se recuperarem aqui.

Um dos rapazes questionou:

- Por que não nos levaram para o hospital?

- Qual é o nome de vocês? Perguntou Lúcius.

O rapaz moreno, de pele clara e um pouco fora do peso se apresentou primeiro e, em seguida, o outro rapaz de cabelos loiro escuro e magro.

- Meu nome é Valentim.

- E eu sou Nolan.

- Sentem-se! Temos que conversar. Convidou Lúcius.

Iniciaram a conversa, contando como tudo começou. O que eles são agora e que fazem parte de uma sociedade oculta que se chama Volgan. Eles descreveram quem foi Volgan. Explicaram o que fazer, os cuidados que devem tomar. Foi contado tudo o que precisavam saber, com Lúcius e Valquíria intercalando a história.

Nesse momento, chegam Aoky e Mali. Valquíria foi logo os apresentando.

- Aoky, Mali, esses são Valentim e Nolan! Valentim, Nolan, esses são Mali e Aoky!

- Então, vocês aceitam fazer parte do nosso grupo ou preferem a morte? Perguntou subitamente Lúcius.

- Eu aceito! Prontificou-se Nolan.

- Tem certeza? Não prefere pensar com calma? Valquíria pressionou.

- Tenho certeza da minha decisão! Confirmou Nolan.

Valquíria, surpresa com a decisão tão rápida e firme, continuou:

- Bom, serei eu que o ensinarei como ser um vampiro! Como deve se portar, os cuidados que deve ter e a disciplina que você vai herdar.

Valentim olhou para Nolan e questionou:

- Sério?

- Sim! Reafirmou Nolan.

- Tudo bem, eu também aceito! Confirmou Valentim.

- Valentim, você vai ficar sobre meus cuidados. Decidiu Lúcius.

José perguntou qual a idade deles. Valentim respondeu que estava com vinte e cinco e Nolan que estava com vinte e nove.

- Vocês têm família? Interrogou Mali.

- Sim. Pai, mãe, um irmão vivo e outro morto. Sou divorciado e não tenho filhos. Relatou Nolan primeiro.

- E o seu convívio com a família, como vai ficar? Pense nisso! É bom se afastar deles. Disse Aoky.

- Isso não é problema, tenho pouco contato com eles. Falou Nolan.

Foi a vez de Valentim esclarecer:

- Tenho pai e uma irmã. Eles moram em Turim, na Itália. Também sou divorciado e não posso ter filhos. Tenho um pouco de contato com minha irmã.

- Esse assunto de família, resolveremos depois. Cortou Lúcius.

No dia seguinte, quando era fim de tarde, vieram entregar as camas e foi Mali quem recebeu. Protegendo-se da luz do sol, ficou atrás da porta, pediu para que os homens entrassem e deixassem os colchões e as camas na sala. Mali, de um jeito educado, informou aos homens que não podia ficar exposta a luz do sol, pois sofria de um caso raro de pigmentação na pele e nos olhos.

Mais tarde, Valentim e Nolan montaram as camas no quarto. Após, foram tirar algumas dúvidas com Lúcius e Valquíria sobre como faziam para manter a casa. Então explicaram que compravam e vendiam quadros antigos e outros objetos antigos. Mostraram como tudo funcionava e tiraram as outras dúvidas que restavam.

Com tudo entendido e acertado, passaram pelos ensinamentos como Mali e José. Nolan e Valentim receberam as seguintes disciplinas: Nolan ficou com a rapidez e Valentim ficou com a potência. Conheceram as outras residências e a sede Sitka.

Passados onze anos, com todos os ensinamentos dados, cada um ficou responsável por uma residência. José ficou com a de São Francisco do Sul, no Brasil. Mali com a de Argel, na Argélia. Nolan com a de Bruxelas, na Bélgica. Valentim com a de Kazan, na Rússia. Deram alguns quadros e artigos para Valentim levar, pois haviam retirado tudo de valor que havia na casa, devido à confusão ocorrida em Kazan. Aoky ficou com a de Kyoto, no Japão. Mas ele andava sempre junto com Lúcius e Valquíria que passavam um ano em cada casa e uma vez por ano se reuniam em Sitka.

Primeiro aviso

Mali havia tomado gosto por esculturas. Praticou por algum tempo e fez uma de Volgan, em madeira. Arrumou o túmulo da coruja com uma cobertura onde colocou a escultura.

Assim que Valquíria, Lúcius e Aoky chegaram de Kyoto, Mali foi logo mostrar o túmulo de Volgan.

Valquíria, admirada com que estava vendo, falou emocionada:

- Que linda escultura, Mali! Você tem muito talento! E a abraçou.

Lúcius, também emocionado, exclamou:

- Gostei muito! Mali, você leva jeito para esculturas.

Aoky sorridente também exclamou:

- Parabéns, Mali! Ficou muito boa! Volgan deve ter gostado muito dessa homenagem e eu também, digo, todos nós também!

Mali, com lágrimas nos olhos, agradeceu:

- Obrigada a todos pelo carinho. Estou pensando em fazer uma maior para deixar em Sitka.

Valquíria sorrindo:

- Legal! Vai representá-la muito bem!

Lúcius e Aoky concordaram.

Passado um ano, reuniram-se em Sitka. Mali trouxe para sede uma escultura de Volgan, que foi apreciada por todos. Parabenizaram-na pelo seu trabalho.

A escultura de Volgan ficou no alto da sala onde todos tinham visão dela e ela de todos, de uma forma representativa da sociedade.

Sentaram à mesa. Valquíria, Lúcius e Aoky notaram que havia novos integrantes no recinto. Ao iniciar a reunião, Valquíria foi logo comentando:

- Vejo que temos um pessoal novo chegando. Por favor, gostaria que se apresentassem!

Um homem moreno claro, acima do peso, barba por fazer, com aparência aproximada de uns trinta e cinco anos, levantou e foi logo se apresentando.

- Bom, eu sou Dimítri! Estou no grupo do Valentim faz um pouco mais de seis meses.

Em seguida, apresentou-se um rapaz ruivo, de aparência jovem, forte, alto.

- Eu me chamo Igor. Tenho vinte e três anos e estou com Valentim há uns dois meses.

- Sejam bem vindos!- recepcionou Lúcius, já interrogando Valentim- Como estão os ensinamentos?

- Estão bem! Eles são bem dedicados.

- Bom, então vamos seguir com as apresentações. Continuou Lúcius.

Foi a vez de um homem de cabelos loiros, com estatura mediana.

- Eu sou Marco, tenho trinta anos e sou do grupo do Nolan.

O último a se apresentar foi um homem moreno, de pele clara, com uma mancha na testa, bigode, estatura baixa, com uma barriguinha saliente.

- Bem, chegou a minha vez! Meu nome é Adrian, mas podem me chamar de Mancha. Eu tenho trinta e oito anos. Como vocês podem ver, apesar da mancha, sou bonito, quase um galã. Sempre fui muito assediado pelas mulheres e estou no grupo do Nolan.- ele riu e continuou- Em relação às mulheres, é brincadeirinha. Foi só um jeito para descontrair, já que todos estavam muitos sérios.

Todos riram.

- Já vi que você é bem descontraído. Eu sou Valquíria. Digo a todos que sejam bem vindos e que respeitem as nossas leis. Caso o contrário, serão caçados. Agora, peço que todos se apresentem.

Assim fizeram. Todos se apresentaram aos novos.

Eles continuaram a reunião. Falaram como passaram o ano e o que fizeram de novidade. Como andavam as compras e as vendas; as reservas de sangue e qual era a rotina de cada um. Assim seguiu a reunião inicial.

Após a reunião, conversaram mais para saber o que tinham visto de novo e como estava a cidade onde cada um morava. Passaram o período de escuridão fazendo atividades e se conhecendo um pouco mais.

Faltando poucos dias para terminar o período de ausência de luz solar, cada um voltou para sua casa, inclusive Aoky que foi ver como estava a casa em Kyoto, mas logo se reuniria com Lúcius e Valquíria que iam a São Francisco do Sul ficar um ano com José.

Aoky ficou em Kyoto por seis meses. Deixou tudo em ordem e foi para o Brasil.

Após três meses da chegada de Aoky a São Francisco do Sul, Valquíria comentou com todos:

- Pessoal, desconfio que Nolan esteja infringindo as leis da Volgan.

- Eu também estou desconfiado do Valentim. Aqueles dois fizeram suas crias, muito rápido. Complementou Lúcius.

- Já que estão desconfiados deles, podemos ir lá para ver como tudo anda. Sugeriu José.

- Muito obrigada, José, pelo apoio, mas é responsabilidade minha e de Lúcius. Nós iremos lá, você e Aoky podem ficar.

- Vocês têm certeza? Podemos ajudar a investigar. Insistiu Aoky.

- Iremos lá para dar um aviso a eles e, se tornarem a repetir, o aviso será bem diferente do primeiro. Disse Lucius.

- Quando vocês partem? Indagou José a Lúcius.

- Amanhã! Vou providenciar a ida.

Na noite seguinte, Lúcius e Valquíria foram rumo a Bruxelas e Kazan. Aoky e José ficaram treinando tiro ao alvo com revólveres, bestas e arco e flechas para que um dia, se tiverem que usar, eles já estarão aptos.

Dias depois, Valquíria chegou a Bruxelas, enquanto Lúcius seguiu viagem para Kazan. Valquíria, ao chegar, foi para casa que Nolan estava responsável.

Nolan, ao se deparar com Valquíria, levou um susto.

- Oi! Você aqui? Aconteceu alguma coisa?

Valquíria observou que só estava Adrian na casa.

- Olá Nolan! Olá Adrian! Tudo bem por aqui? Onde está o Marco? Está tudo bem?

Nolan respondeu, com uma expressão de assustado.

- Por aqui está tudo bem! Não é, Adrian?

- Sim, sim, está tudo bem!

Nolan ordenou:

- Adrian, vá avisar o Marco que a Valquíria está aqui para vê-lo.

- Onde ele está? Valquíria questionou Nolan.

- Foi abastecer o carro...

Valquíria interrompeu:

- Não precisa chamá-lo. Ficarei alguns dias e espero ele chegar.

Nolan, incomodado com a presença de Valquíria, quis saber:

- Mas qual o motivo da visita?

- Por que, algum incômodo? Perguntou Valquíria.

- Não, não que é isso! Incômodo nenhum! Só não esperava a sua presença aqui, neste ano. Pensei que vinha depois da reunião em Sitka.

Nisso, Adrian ia saindo da sala.

Valquíria notou e ordenou:

- Adrian, aonde você vai? Fique aqui conversando conosco!

Adrian, nervoso e sem ter o que fazer, sentou à sala.

Valquíria, com um sorriso no canto da boca, observou:

- O que foi Adrian, parece agoniado?

- É impressão sua. Adrian riu.

Continuaram a conversar por um bom tempo, até que Marco chega acompanhado de um homem alto, loiro e barbudo.

Marco fica espantado ao ver Valquíria, que o cumprimentou:

- Olá, Marco! Quem é o seu amigo?

Marco ficou sem reação e Nolan emendou.

- É o Robert, nosso mecânico!- e continuou- Marco, aconteceu algo com o nosso carro?

Ele respondeu rapidamente:

- Sim, mas não sabemos o que foi ainda! Ele só veio me trazer.

Adrian levou Robert pra fora.

- Saia daqui! Ela não pode saber que você é um de nós. Se ela desconfiar, vai sobrar para Nolan. Pegue um dinheiro, o carro e arrume um lugar para ficar até ela ir embora.

- Quanto tempo ela vai ficar? Perguntou Robert a Adrian.

- Não sabemos! Avisaremos você assim que ela for.

Enquanto isso, na sala, Valquíria avisava Nolan:

- Saiba que eu estou desconfiada que esse Robert é um vampiro. Ser for mesmo, você sabe que está infringindo uma de nossas leis! Se for mesmo, eu lhe darei uma chance para eliminar um. Caso contrário, eu eliminarei todos. Entendido?

- Sim, pode ficar tranquila! Ele é só um mecânico mesmo! Reforçou Nolan.

- Tudo bem! Mas vou ficar um tempo por aqui.

Lúcius chegou a Kazan. Logo ao entrar em casa, encontrou Valentim, Dimitri, Igor e um homem de estatura mediana, careca, aparência jovem. Nenhum deles esperava ver Lúcius, naquele momento. Valentim falou surpreso:

- Lúcius, você por aqui?

- Vim ver se precisavam de alguma coisa. Percebo que estão com visita. Meu rapaz, qual é o seu nome?

Valentim interferiu rapidamente:

- É Ivo, o nome dele é Ivo!

- Ele não fala? Ironizou Lúcius.

- Falo sim, senhor! Pontuou Ivo.

- Desculpe! Eu fiquei empolgado com a sua presença e acabei atropelando o Ivo. Justificou-se Valentim.

- Certo! Dimitri, Igor, como estão?

- Muito bem, obrigado! Agradeceu Dimitri.

- Digo o mesmo. Reforçou Igor.

- Preciso conversar a sós com Valentim. Vocês podem nos dar licença? Pediu Lúcius.

- Claro! Fiquem à vontade! Exclamou Dimitri.

Os três saíram da sala e Lúcius questionou:

- Valentim, quem é esse Ivo?

- É um amigo nosso.

- Creio que esse amigo é um vampiro. Você sabe que infringiu uma lei? Darei a você uma chance para desfazer. Escolha um dos três e elimine-o o mais rápido possível.

- Está bem! Farei o que deve ser feito para corrigir o meu erro. Dê-me um tempo.

- Darei três dias. Vou ficar um tempo por aqui. Arrume um quarto para mim.

- Claro! Prontificou-se Valentim.

No dia seguinte, Valentim comunicou aos três sobre a conversa que teve com Lúcius e decidiu que Ivo se ausentaria, fingindo ter sido exterminado e só voltaria após a partida de Lúcius.

Quando era noite, Lúcius acordou e encontrou a casa vazia. Olhou para ver se o carro estava, lhe restou esperar.

Valentim, Dimitri e Igor providenciaram um quarto de hotel para Ivo e retornaram para casa. Ao chegar a casa, Valentim foi conversar com Lúcius:

- Fizemos a execução do Ivo.

- Por que não me chamaram? Eu devia estar presente. Desconfiou Lúcius.

- Pensei que era responsabilidade minha. Explicou-se Valentim.

- Sim, certo! De que maneira foi realizada a execução?

- Com uma rajada de bala na cabeça e, para não deixar dúvida, cravei os dentes nele e suguei o sangue que havia.

- Muito bom! Aprovou Lúcius.

Passaram-se dois meses sem vestígio de Ivo. Então, Lúcius decidiu voltar para o Brasil.

- Bom, já que está tudo em ordem, vou voltar para o Brasil. Lembre-se de que posso voltar a qualquer momento.

Lúcius retornou para o Brasil.

Em Bruxelas, Robert retornou em dois dias para entregar o carro que estava com "defeito". Depois disso, não voltou mais. Valquíria, ainda não convencida, ficou em Bruxelas mais três meses, e, sem sinal de Robert, retornou a São Francisco do Sul.

A ausência

Valquíria, chegando a São Francisco do Sul, reuniu-se com Lúcius, Aoky e José. Contou o que ocorreu em Bruxelas e Lúcius fez o mesmo, contando o que aconteceu em Kazan.

Aoky se manifestou.

- Olha, estou achando que eles estão aprontando ainda.

- Falta um mês para reunião, lá nós veremos.

José contou o que fizeram nesse tempo. Treinaram com revólveres, bestas e arco e flechas.

- Para quê? Interrogou Lúcius a José.

- Caso tenhamos que confrontar Nolan e Valentim.

- Acha mesmo necessário? Perguntou Valquíria.

- Caso seja preciso, estaremos preparados! Reforçou José.

- Vendo por esse lado, tudo bem! Conformou-se Valquíria.

Passado um mês, foram para reunião, em Sitka. Mali já estava esperando com novidades. Ao chegarem, numa calorosa recepção dela, que os abraçou fortemente, pois estava com muitas saudades.

- Estou comercializando minhas esculturas! Mali disse, com euforia.

- Nossa, que bom! Fico muito feliz por você! Exclamou Valquíria.

- Parabéns! Você tem muito talento. Reforçou Aoky.

Todos ficaram muito felizes.

Já fazia seis dias que estavam em Sitka e nada de Nolan e Valentim. Lúcius e Valquíria estavam preocupados.

- Vamos esperar mais dois dias e, se eles não aparecerem, vamos atrás. Decidiu Lúcius.

- E dessa vez vai ser para puni-los! Prometeu Valquíria, amparada por Lúcius, que concordou.

Passaram-se os dois dias e nenhum sinal de Nolan e Valentim.

Lúcius reuniu todos na sala do saguão principal.

- Pessoal, vamos ter que interromper nosso encontro. Valquíria e eu temos que ver o que aconteceu com Valentim e Nolan.

- Vamos com vocês. Prontificou-se Aoky.

- Sim, eu vou com Valquíria e Aoky. José irá com Lúcius. Pode ser?

- Certo! José e eu vamos para Kazan e vocês para Bruxelas.

- Caso seja preciso uma reunião, onde acontecerá? Quis saber José.

- Poderá ser em Kazan, tudo bem? Sugeriu Aoky.

Todos concordaram e Aoky chamou José.

- Vamos levar as armas. Pegue espadas para você e Lúcius, que eu vou levar para nós. Leve bestas e revólveres, que eu farei o mesmo.

- Nossa! Para que tudo isso? Surpreendeu-se Mali.

- Caso haja necessidade, estaremos preparados.

- É bom sempre estar preparado, não importa a ocasião. Reforçou Valquíria.

- Todos prontos? Podemos ir? Apressou Lúcius.

Com todos prontos, partiram rumo à Europa.

Em Bruxelas, ao chegarem a casa, depararam-se com a casa vazia, sem nenhum item de valor. Aoky foi verificar se o carro estava e não encontrou. Mali foi à cozinha ver se tinha alguma bolsa de sangue e também não encontrou. Valquíria olhou nos quartos para ver se tinha algum item de valor ou pessoal e não havia nada.

- Eu sabia que havia algo errado! Disse Valquíria, furiosa.

- Não vou ficar surpreso se Valentim tiver feito o mesmo! Acho até que estão juntos.

- Estão criando uma rebelião? Perguntou Mali a Valquíria.

- Tudo indica que sim!

Ficaram por lá dois dias e foram para Kazan.

Lúcius e José, ao chegarem a casa, encontraram-na também vazia, sem nada de valor. Sem sangue, sem carro e nenhuma pista de onde poderiam estar.

- Mestre, eles sumiram e levaram tudo! Disse José.

- No fundo, eu sabia que havia algo de errado. Como fui burro! Exclamou Lúcius, indignado.

- Vamos caçar esses traidores! Prometeu José.

- Com certeza! Reforçou Lúcius.

Depois de quatro dias de viagem, Valquíria, Aoky e Mali chegaram a Kazan, com a notícia do golpe de Valentim. Valquíria os informou que Nolan havia feito o mesmo.

Procuraram saber do paradeiro de ambos, sem êxito.

Crime

Era princípio de noite. Aoky e José procuravam o paradeiro de Nolan e Valentim, quando passavam por uma banca de jornal que estava fechando. Aoky leu rapidamente num jornal, que estava sendo recolhido pelo homem da banca, "ROUBO AO BANCO CENTRAL EM SÃO PETESBURGO". Isso lhe chamou a atenção. Então, Aoky comprou o jornal e começou a ler sobre o roubo. O jornal dizia que tudo indicava que havia acontecido na última madrugada. O banco estava com a porta arrombada e o cofre foi explodido. Um homem, que passava pelo local, diz ter visto seis homens encapuzados, saindo do banco. A polícia não sabia ao certo a quantia roubada.

- Você acha que podem ter sido eles? Questionou José.

- Sim. Vamos levar para saber a opinião de Lúcius e Valquíria.

Levaram o jornal para casa.

Aoky reuniu todos na sala, mostrou o jornal e leu para todos ouvirem. Após a leitura, perguntou:

- Desconfiam de algo?

- Você desconfia deles? Indagou Valquíria.

- Sim. Afirmou Aoky.

- Eu também! E acredito que possam estar fazendo coisas piores por lá. Destacou José.

- Podemos ir até lá para investigar. Sugeriu Lúcius.

- Isso! Para tirar qualquer dúvida. Reforçou Mali.

- Certo! Amanhã arrumaremos dois carros e partiremos.

No outro dia, ao escurecer, Lúcius e Aoky saíram para resolver a questão da logística. Mais tarde, chegaram com os dois carros. José pegou um dos carros e foi com Mali para providenciar reservas.

No dia seguinte, à noite, partiram para São Petersburgo. Num dos carros estavam Lúcius e José, e no outro, Valquíria, Aoky e Mali.

Quando chegaram a São Petersburgo, já era fim da madrugada. Então, foram logo procurar um hotel para passar o dia. Acharam um hotel que havia vagas e se hospedaram.

Já hospedados no hotel, deram início às investigações. Dividiram-se em dois grupos. Aoky e José e outro com Valquíria, Mali e Lúcius.

O grupo de Valquíria passou em pracinhas, perguntando se alguém conhecia Nolan ou Valentim e não tiveram sucesso. Aoky e José passaram em bares. Num dos bares, Aoky, usando a disciplina da presença, repetiu a pergunta que fez em outros bares onde passou com José:

- Licença, pessoal! Alguém conhece Nolan e Valentim?

Um homem com cabelos escuros e pele bem clara, alto e magro, falou:

- Eu conheço! O que você quer com eles?

- Nós queremos ver com a compra de um quadro que eles têm. Você pode nos informar onde fica a casa deles?

O homem concordou e, enquanto passava o endereço da casa para Aoky, José pediu ao senhor que cuidava do bar, uma garrafa de vodka, que pagou e levou à mesa em que estava o homem que passava as informações e seus amigos.

- Isso é para vocês! Obrigado pelas informações!

Todos gostaram do gesto de agradecimento de José e Aoky.

Mais tarde, reuniram-se no bar do hotel e Aoky contou tudo.

- Então foram eles que roubaram o banco! Disse Lúcius.

Aoky mostrou a todos o endereço da casa que Nolan e Valentim estavam morando.

- Vamos fazer assim: Lúcius e eu vamos até lá para reconhecimento do local e para ver quantas pessoas estão com eles. Amanhã, nós voltaremos com um plano para pegá-los.

- Ótimo! Exclamou Mali.

Assim, partiram Lúcius e Valquíria para reconhecimento do local e ver o que teriam que enfrentar.

Ao se aproximarem do endereço, deram uma volta pelo local com o carro e estacionaram a uma quadra depois e seguiram a pé. Quando estavam chegando perto do local, fizeram uso da furtividade. Avistaram um casarão cujo local era do endereço. Havia um terreno grande, bem arborizado e, ao lado, havia um terreno vazio, com a vegetação alta; do lado esquerdo, uma casa modesta. Em frente, várias casas e outro terreno vazio, também com a vegetação alta.

Já passava da meia noite, quando viram uma movimentação na casa. Eram dois homens indo para o carro, e Ivo que os acompanhava.

- Não o mataram! Surpreendeu-se Lúcius.

- Quem? Perguntou Valquíria

- O homem careca, Ivo, também é um vampiro. Explicou Lúcius.

- E os outros dois, conhece algum?

- Não!

Os dois homens saíram com o carro. Valquíria olhou para dentro do terreno e viu que havia mais três carros.

- Parece-me que estão com um bom número.

Permaneceram por mais duas horas. Quando estavam saindo, ocorreu mais uma movimentação na casa. Eram Dimitri e Adrian que foram até o carro e pegaram quatro malas e retornaram para casa.

Lúcius e Valquíria permaneceram por mais um tempo e retornaram para o carro.

No caminho para o hotel, conversavam como iriam agir na noite do ataque. Num momento, Valquíria parou e permaneceu em silêncio, enquanto Lúcius falava. Em seguida, perguntou:

- O que você acha do Aoky retornar horas antes do ataque?

- Boa ideia! Ele já foi um guerreiro samurai e entende mais do que nós de estratégias de batalha.

- Foi nisso que pensei. Explicou Valquíria.

- Viu? Estamos em sintonia. Brincou Lúcius.

- É mesmo! Valquíria riu.

Valquíria reuniu todos em seu quarto do hotel, e junto com Lúcius contaram o que viram em detalhes, por fim, falou a Aoky:

- Lúcius e eu queremos que você venha conosco, horas antes do ataque, para ter uma estratégia mais elaborada, já que possui mais experiência no assunto. Aoky concordou.

No começo da noite, os três foram analisar o campo de batalha, enquanto José e Mali caminhavam no centro da cidade, atrás de mais informações de Valentim e Nolan.

Mali e José passaram por vários lugares e descobriram que Nolan e Valentim tinham uma reputação intimidadora na cidade. Muitos, ao serem perguntados sobre os dois, preferiam não comentar. Houve um senhor que comentou que Nolan e Valentim estavam formando uma máfia e que até o delegado estava envolvido.

Ao se reunirem no hotel, José e Mali repassaram as informações que obtiveram sobre os dois. Em seguida, Aoky traçou uma estratégia de abordagem. José e ele entrariam pelo terreno ao lado, com a vegetação alta, munidos de arco e flechas e besta, enquanto os outros avançariam pelos fundos com as espadas e revólveres. Sabiam que haveria pelo menos dez homens na casa a serem combatidos, por isso decidiram atacar à meia noite.

- Todos de acordo? Perguntou Aoki.

- Eu não manjo nada de armas de fogo. Esquivou-se Mali.

- É mesmo! Então, leve as armas você "manja". brincou Aoky.

- Vocês darão cobertura para Valquíria e para mim, enquanto entraremos na casa. Decidiu Lúcius.

- Já estou preparado! Prontificou-se José.

- Ótimo! Sempre alerta!. Parabenizou Lúcius.

E castigo

Restando uma hora para o início do ataque, aprontaram-se todos com calças e camisas pretas e tênis. No carro de Aoky e José, colocara espadas, revólveres, arco e flechas e besta; no outro, com Lúcius, Valquíria e Mali, puseram espadas.

Faltando alguns minutos para meia noite, passaram em frente da casa de Nolan e Valentim para ver se percebiam alguma movimentação. Como não havia nenhuma movimentação, estacionaram os carros cinco casas para frente, num terreno vazio. Certificaram que estavam sozinhos e que não havia ninguém na redondeza. Pegaram as armas. Lúcius, Valquíria e Mali com as katanas. Aoky com a sua inseparável katana e um arco e flechas. José também pegou uma katana, uma besta, flechas e um revólver de calibre trinta e oito. Preparados, eles foram aplicar a punição. Aoky e José se posicionaram no terreno ao lado, com a vegetação alta, ficando com a visão lateral e frontal.

Lúcius, Valquíria e Mali se posicionaram aos fundos do terreno que era bem arborizado. Ficaram numa posição em que podiam ver os fundos e a lateral, sem ter contato visual com Aoky e José.

Na frente da casa apareceram dois homens, Aoky e José reconheceram um, era Igor. O outro eles não conheciam.

- José, eles estão perfilados, isso é bom! Comentou Aoky.

- Em qual eu ataco? Perguntou José.

- Vá ao Igor, mire na cabeça, que eu irei ao outro. Atacaremos juntos e, após atirarmos, eu irei para cima de Igor e você dá cobertura.

Nesse momento, Igor e o outro homem estavam conversando. Aoky e José atiraram. As duas flechas atingiram as cabeças e os dois foram ao chão. Aoky correu para cima de Igor e sacramentou a sua morte com um golpe de espada, decepando a cabeça do corpo. Depois verificou se o outro homem estava morto e percebeu que ele era humano e que estava sem vida.

No mesmo momento, nos fundos do terreno, um homem saiu para fumar.

Valquíria falou para Mali:

- Esse é seu!

- Certo!

Ela se afastou de Lúcius e de Valquíria. Tirou a roupa e fez uso da metamorfose, transformando-se num cachorro da raça pastor alemão. Na forma de cão, ela foi em direção ao homem mancando e chorando. Ele, vendo aquilo, abaixou-se e chamou o cão que estava ferido.

- Vem aqui! Deixe-me ver o que tem em sua pata.

Ela se aproximou e ele pegou a pata supostamente machucada. Mali cheirou o rosto do homem, em seguida lambeu. Logo após o atacou com uma mordida na jugular e, enquanto mordia, voltava à forma humana para sugar o sangue da vítima. O homem, sem reação, só gemia.

Lúcius e Valquíria entraram na casa, aproveitando aquele momento.

No outro lado, Aoky avistou mais um homem desconhecido. Era Ivo. Ele estava de costas para a janela. Ele fez sinal para José atirar com a besta.

José captou o sinal, mirou na cabeça e quando atirou, Ivo se virou e a flecha acabou acertando a lateral da boca. Rapidamente, Aoky pulou a janela e iniciou o combate com Ivo levemente ferido.

Ivo gritou assustado:

- QUEM É VOCÊ?

- O seu fim! Ironizou Aoky, que foi logo dando um chute nas costelas. Ivo sentiu o golpe e revidou com um soco. Aoky tentou desviá-lo, mas acabou acertando no ombro.

- Vejo que você é cria do Valentim. Comentou Aoky.

- Isso mesmo! Concordou Ivo.

Aoky despejou uma sequência de golpes no rosto de Ivo que acabou levado ao chão.

Nesse momento, José aparece e pergunta se está tudo bem.

- Tranquilo! Vou finalizar! Disse Aoky.

E com um golpe, separou a cabeça de Ivo do corpo.

Mali, depois de finalizar o serviço, voltou ao local que tinha deixado sua roupa e sua espada.

Já dentro da casa, Lúcius e Valquíria passavam por um quarto onde encontraram Marco contando dinheiro.

- Olá, Marco! Quer uma mãozinha? Ironizou Valquíria.

Marco, assustado e boquiaberto.

Lúcius falou para Valquíria:

- Deixo com você?

- Sossegado, vai que eu te alcanço, aqui vai ser rápido.

Enquanto Lúcius seguia na casa à procura de Nolan e Valentim, Valquíria já estava voando a meio chute no peito de Marco. Ele cambaleou para trás e fez uso da parede para não cair. Ela saltou por cima da mesa e deu mais um chute na costela, onde Marco sentiu o golpe e foi ao chão. Nesse momento, Mali apareceu e disse:

- Deixe comigo! Eu dou jeito nele.

- Tudo bem! Vou atrás de Lúcius. Concordou Valquíria.

Marco então se levantou e provocou:

- Você está muito confiante, sua neguinha safada!

- Você vai engolir essas palavras junto com teus dentes! Irritou-se Mali.

- Vamos ver! Desafiou Marco.

Depois do ultimo golpe, Marco havia fraturado as costelas, deixando-o um pouco debilitado. Mesmo assim, soltou um soco que atingiu Mali no rosto, mas ela se manteve em pé e revidou com mais um chute nas costelas fraturadas. Novamente, ele foi ao chão. Aproveitando a situação, ela foi dar um chute na cabeça, porém ele se esquivou, fazendo uso de sua disciplina, mas isso não foi o bastante. Mali se jogou em cima dele e deu inicio a uma série de golpes no rosto que levou Marco a nocaute. Para finalizar, ela o segurou pelos cabelos e decepou a cabeça, com uso de sua katana.

Enquanto isso, no outro lado da casa, Robert escutou barulho e foi ver o que estava acontecendo. Chegando à sala, deparou-se com Ivo ao chão, sem a cabeça, e dois homens; um deles estava com uma espada na mão.

- O QUE É ISSO? Gritou Robert, assustado.

- Tua hora chegou! Respondeu Aoky.

- Vai que esse é meu! Emendou José.

Aoky guardou a sua katana e seguiu.

Robert partiu para cima de José e, usando a disciplina que foi passada por Nolan, acertou um soco no rosto de José que nem se mexeu.

- Até foi rápido, mas precisa treinar mais força. Comentou José.

Robert deu outro golpe nas costelas, que novamente não se mexeu e ainda revidou um golpe no pescoço. Robert ficou incomodado e José percebeu. Aproveitando a desatenção de Robert, atacou com uma brutal sequência de golpes que deixaram o oponente totalmente debilitado. Robert, entregue ao chão e com o que sobrou de pulmões, suplicou que aquilo acabasse rapidamente. Sentiu o frio do cano, seguido de uma sensação nauseante e quente no peito, a vista turva e quase sem vida percebeu o vulto de José, se abaixando ao seu lado, para sentir a fisgada final em sua jugular, sobrando apenas um corpo pálido e sem uma gota de sangue no chão.

Na outra sala, Lúcius encontrou Dimitri e Adrian e ironizou:

- É hora de chutar uns traseiros e mascar chiclete, e eu fiquei sem chiclete! O que, sou só eu quem assiste filme antigo aqui?

- Será que três dançam juntos? Nolan entrou debochando.

- E tá esperando o que? O Natal? Riu Lúcius.

Adrian foi logo dando um chute na perna e Dimitri, ao mesmo tempo, um soco no rosto. Lúcius se esquivou apenas do soco; do chute não deu tempo, pois seus oponentes estavam fazendo uso de suas disciplinas. Ele aguentou firme. Em seguida, Nolan foi com uma espada em punho, partiu em direção a Lúcius, acompanhado de Dimitri e Adrian.

Novamente, não conseguiu esquivar de todos, apenas de Nolan e Adrian. O golpe de Dimitri o acertou em cheio, mas ainda mantinha-se em pé.

O momento estava difícil para Lúcius, mas foi aí que Valquíria apareceu dando um golpe com o pé no peito de Nolan, que caiu a alguns metros de Lúcius, já sem sua espada.

Valquíria perguntou para Lúcius se estava tudo bem.

- Melhor agora! Lucius disse sorrindo.

Valquíria dirigiu-se a Nolan:

- Vamos, levante-se! Depois que eu acabar com você, terá a eternidade para ficar deitado.

Nolan levantou, pegou novamente a espada que havia caído próximo a ele e provocou:

- Você está muito confiante!

 Partiu para o confronto com Valquíria e os dois ficaram trocando golpes de espadas.

Lúcius passou a combater Adrian e Dimitri. Eles trocavam socos e chutes, até que Lúcius acertou um soco com potência debaixo do queixo de Dimitri que ficou desacordado. Por algum momento, passou a lutar apenas com Adrian.

Na troca de golpes de espadas entre Nolan e Valquíria, ela acabou dando um golpe que o fez perder a espada de sua mão. Na sequência, Valquíria o atingiu com um chute rodado no rosto, que o desequilibrou e ele foi ao chão. Valquíria disse:

- Você não aprendeu nada mesmo! Vamos, levante-se!

Nolan, enfurecido, levantou-se e puxou de sua cintura uma pistola, ameaçando-a:

- Agora, quero ver você se desviar disso! E atirou duas vezes na direção dela.

Ela, muito ágil, desviou da primeira e a segunda passou raspando no ombro. Mesmo escoriada, Valquíria atingiu Nolan com um golpe de espada na mão que segurava a arma, separando-a do braço.

Nolan gritou aos berros:

- SUA VADIA!

Enquanto Lúcius massacrava Adrian, houve um disparo. Foi Valentim que chegou atirando em Lúcius. O tiro atingiu-o no ombro. Valentim tornou a atirar e acabou acertando as costelas. Ferido gravemente, ele foi ao chão.

- NÃO! LÚCIUS?! Desesperou-se Valquíria.

Quando Valentim daria o terceiro tiro, Aoky apareceu chutando a mão em que estava a arma e o tiro acabou acertando o abdômen de Adrian.

Aoky continuou batendo em Valentim, com sequências de socos e chutes, que o fez cair próximo da janela e longe de sua arma.

José e Mali chegaram à sala em que acontecia a batalha.

Valquíria, furiosa, acertou dois chutes rodados em Nolan e cravou a espada no coração, gritando:

- MALI, CRAVE A ESPADA NO CORAÇÃO DO DIMITRI!

Mali empalou Dimitri, parando o seu coração. Aproveitando que estava perto da janela, Valentim a pulou e correu em direção ao carro. José correu para janela, sacou o revólver, mirou e atirou duas vezes, acertando nas costas.

Aoky pulou a janela, correu até Valentim, pegou-o pelo pescoço e arrastou para trás do carro onde separou a cabeça do resto do corpo, com um golpe de sua katana.

José foi até Adrian, pisou em seu ferimento e falou:

- Vou lhe fazer um favor! Atirarei em sua mancha e não precisa agradecer, até porque não terá como fazer isso. E atirou na mancha de Adrian.

Valquíria rapidamente foi acudir Lúcius, chamando os companheiros:

- MALI, JOSÉ, AJUDEM-ME AQUI!

- O que faremos agora? Perguntou José.

- Vamos fazer com que ele beba o sangue do Nolan. Ajudem-me a levá-lo até lá!

Levaram Lúcius até o corpo de Nolan e Valquíria ordenou:

- Sugue todo o sangue!

Lúcius sugou, mas não foi o suficiente, pois Nolan havia perdido muito sangue com a decapitação do antebraço. Mali sugeriu:

- Vamos levá-lo ao Dimitri, porque ele não perdeu muito sangue!

- Bem pensado! Elogiou Valquíria.

Puseram Lúcius ao alcance de Dimitri onde sugou todo o sangue.

- Bom, deve ser o suficiente! Agora é só repousar que, em um ou dois dias, ele já estará regenerado.

Aoky retornou para casa e exclamou:

- Missão cumprida!

José reparou que Valquíria estava sangrando e fez o alerta. Mali, rápida, ordenou:

- Pegue o sangue do Adrian!

Foi o que José fez e tudo se resolveu. Aoky, então, disse:

- Pessoal! Vamos fazer assim: Valquíria e eu retornaremos com Lúcius para o hotel e vocês abram toda casa para ter entrada de luz, quando amanhecer.

Aoky e Valquíria retornaram para o hotel com Lúcius.

José e Mali abriram toda casa, pegaram os corpos que ficaram fora da casa e levaram para os fundos do terreno.

Quando estavam saindo, Mali lembrou-se das bolsas de dinheiro e voltou para pegar.

- Aonde você vai? Perguntou José a Mali.

- Já volto! Respondeu Mali, ao abrir todas as malas, deixando-as sobre a mesa. Quase saindo, voltou e pegou uma.

- O que é isso? Quis saber José.

- Trazendo o presente de natal mais cedo para alguns.

- E todo esse dinheiro? Surpreendeu-se José.

- Distribuir nas casas mais humildes.

- Ahahah, ótimo! Com indicador e polegar juntos e demais dedos para cima.

- Obrigada! Você também! Mali riu, retribuindo o gesto.

Passaram em várias casas da região, colocando dinheiro nas caixas de correio, e ao terceiro dia voltaram a Kazan, com Lúcius recuperado.

Volgan

Passado alguns dias em Kazan, Lúcius e Valquíria decidiram vender a casa, pois estava com má reputação devido à passagem de Valentim. Fizeram o mesmo com a casa em Bruxelas.

Mali retornou para Argel e José acompanhou para ajudá-la com as esculturas e aprender um pouco sobre a arte.

Aoky foi a Kyoto passar um tempo. Após três meses, foi para Espanha, em Valência, onde se encontrou com Lúcius e Valquíria. Eles haviam comprado uma casa na cidade numa bela e agradável região, e após um ano, foram a Sitka.

 Com todos reunidos na sala principal, Lúcius falou:

- José e Mali! Valquíria, Aoky e eu conversamos a respeito das disciplinas que havíamos passado a Nolan e Valentim. Gostaríamos de saber se vocês querem aprender essas disciplinas, a rapidez e a potência?

José e Mali olharam um para o outro. Ele fez um sinal para ela com a cabeça que não e Mali falou:

- Agradecemos a confiança, mas estamos bem com o que temos.

- É! Somos muito gratos pela confiança. Reforçou José.

Valquíria sorridente agradeceu:

- Obrigada! Nós temos muito orgulho de vocês por fazerem parte do nosso grupo, por fazerem parte da Volgan!

Aoky, Lúcius e Valquíria levantaram-se, aplaudindo. Muitos anos depois, com tudo em ordem na sociedade vampírica, Aoky foi passar um tempo no Brasil, ficando na cidade de Curitiba, num apartamento. Numa fria sexta-feira de inverno, às vinte e três horas e trinta minutos, caminhava pela calçada de jeans, tênis e um casaco preto com um capuz cobrindo a cabeça. Na sua frente, havia uma garota morena clara, de cabelos compridos, sapatos, calça jeans, jaqueta escura com uma mochila nas costas, que voltava da faculdade.

De repente, Aoky avistou um carro em alta velocidade, desgovernado. Ele percebeu que o carro atingiria a moça. Aoky correu até a moça e a puxou antes do carro atropelar. O carro bateu no poste, em seguida numa concessionária.

A moça, assustada, agradeceu:

- Muito obrigada, moço! Você me salvou de um atropelamento!

Foram ver quem estava no carro e se estava tudo bem com a pessoa. Saiu do carro cambaleando, bêbado, um senhor de cabelos grisalhos, trajando um terno cinza.

- Se não é o deputado Carlos Cordeiro, mais bebâdo que o normal. Disse a moça, surpresa.

Rapidamente, ela pegou o celular e começou a filmar.

O deputado percebeu que havia uma moça filmando e começou a gritar, partindo para cima dela, com intenção de agredi-la.

- PARE DE ME FILMAR, SUA VAGABUNDA!

Aoky impediu o deputado de bater na moça, segurando sua mão, chutando as pernas, derrubando-o.

- Você não tem vergonha?! Uma pessoa como você, andar bêbado pela rua, pondo em risco a vida de uma pessoa. E, para agravar a situação, é um deputado!

- Mais uma vez, muito obrigada!

- Tudo bem! Agora, vamos sair daqui! Ordenou Aoky.

Ele seguiu caminhando, a moça chamou:

- Moço, moço! Qual é o seu nome?

Aoky parou, pensou, deu uma respirada profunda e disse.

- Volgan! Meu nome é Volgan!

Ela sorriu.

- Obrigada, Volgan!

Volgan também sorriu e voltou a caminhar.

Por Rodrigo Vitorino